Du même auteur

ROMANS
Série « **Axel et les Pages Blanches** » (éditions du Lau)
- Tome 1 : Le Royaume des Gronx
- Tome 2 : Le Zoo du Clown

Série « **Jamureta** » (éditions Prestance)
- Fragment 1 : Subir
- Fragment 2 : Agir
- Fragment 3 (à paraître)

BANDE-DESSINÉE
Série « **Léon Mallet** » (éditions Prestance)
Dessins de Prou
- Tome 1 : Le chat qui n'a rien demandé
- Tome 2 : Hôtel Fabulouz
- Tome 3 : Les pilules de l'angoisse

CONTES
Prince Renard et les Déesses (éditions Ratatosk)
Basile et Marceau (éditions Ratatosk)
Dessins de Prou

marthi.book.fr

« Chaque début d'écriture est un retour à la case départ. Et la case départ, c'est un endroit où l'on se sent très seul. Un endroit où aucun de vos accomplissements passés ne compte. »

Quentin Tarantino

à Florian

Thibault Marthi

JAMURETA

Illustrations de Jérôme Alquié

VOCABULAIRE

Quelques définitions pour rendre Jamureta plus explicite.

Aérotrain : Train suspendu. Les aérotrains sont assez répandus dans le Royaume lumineux. Les réseaux passent au-dessus des zones à traverser.

Algobronze : Plante aux vertus revigorantes. C'est une algue assez capricieuse quant à son utilisation.

Allegron : Capitale de l'État sud du Royaume lumineux du même nom.

Auto-lampe : Petite lampe pleine de nanomachines luminescentes. Elle change de couleur selon l'usure de ses machines avec le temps.

Bougie jaune : Petite bougie protectrice. L'aura d'une bougie crée de la chaleur et aurait même des propriétés mystiques peu connues.

Brordinateur : Petit ordinateur tactile à la texture de vêtement. Très pratique pour les mordus du Net.

Égiénor : Contrée nordique enneigée du Royaume lumineux. C'est aussi le nom d'un village, capitale de l'État du Nord.

Jamureta : Groupe d'agents secrets opérant à Allegron pour le compte du mystérieux Conseil.

Luminaise : Petite punaise lumineuse qui une fois mise en relation avec d'autres luminaises, crée un bouclier protecteur très résistant fait uniquement de lumière.

Motoplane : Moto volante, souvent utilisée par les services de police. Moins répandue chez le particulier.

Pâte-à-crâne : Pâte concoctée par les alchimistes pour entrer plus facilement et de force dans les pensées les plus profondes des gens.

Tachonis : Village félin dans l'État d'Allegron aux habitants volontairement mis à l'écart. Situé au milieu de la forêt du même nom, la nature y assure une protection permanente autour des chats.

Témoin-plat : Boîtier enregistreur composé de nanomachines stockeuses de données. Souvent utilisé pour les interrogatoires ou des interviews télévisées.

Ténébreux : Petits êtres entièrement faits d'ombre. On ne sait jamais où ils vont apparaître ni quand ils vont disparaître. Ni morts, ni vivants, ces créatures sont redoutées et très rares sur Gaïa.

Toufaire : Appareil combinant énormément de fonctions (téléphone, GPS, connexion internet, détecteur thermique, carte bancaire…). Tout est optionnel sur cet appareil à tout faire.

Veilleur : Créature aux pouvoirs télépathiques fascinants ayant pour faculté principale de tout connaître du lieu géographique où elle se trouve.

Voloiture : Véhicule volant, très répandu dans la capitale Allegron. Une certaine évolution de la voiture de moins en moins en vogue dans les grandes villes.

Il existe un monde différent du nôtre.
Un monde où se développa l'être humal,
À mi-chemin entre Humain et Animal,

Il existe un monde différent du nôtre,
Engendré par le Voyageur et l'Enfermeur.

Il existe un monde qu'on appelle Gaïa.

Ainsi commence JaMuReTa…

Fragment 2 - Agir

Chapitre 8

Là où va le Veilleur

Il fut comme éveillé tout à coup. Son instinct le plus profond s'anima. Tant d'années à rester éteint… inerte. Il leva le museau et sentit les vibrations, l'appel infaillible. Enfin… il était temps d'agir.

***

Nuit noire et calme dans la forêt de Licornia. Nyemok alluma la dernière bougie jaune. Disposées en cercle autour de son petit abri de fortune fait de quelques branches et d'un feu de bois timide, le singe d'argent venait de terminer d'installer une zone de sécurité. Les bougies jaunes permettaient de résister au froid meurtrier des régions comme celle d'Égiénor : une fois allumées, elles créaient une zone de chaleur proche de celle d'un foyer classique. Leur rôle secondaire, bien plus salutaire, se résumait à éloigner les Ténébreux du campeur égaré typique.

Créatures mystérieuses et redoutées, ces derniers attaquaient le plus souvent la nuit, quoique plus rarement ces dernières années. Nyemok avait tout fait jusqu'à aujourd'hui pour les éviter. Il savait à peine à quoi ils ressemblaient. Il ne se rappelait que de vagues croquis représentant des sortes de petits humaux maigres, ailés parfois et dépourvus de tout pelage. Des êtres hideux à mi-chemin entre un démon et une erreur de la nature, au corps simplement noir comme des ombres.

La neige commençait à fondre à l'intérieur du cercle de chaleur. Glace aussi était là. La licorne farfouillait le sac de son maître de sa longue tête. Elle en reniflait vigoureusement l'intérieur. Visiblement, quelque chose l'obsédait. Elle finit par renverser le sac dans une neige ramollie. Nyemok se précipita pour tout ramasser. Il sauva de justesse quelques barres de céréales.

— T'es incorrigible Glace ! Tu veux pas plutôt dormir au lieu de m'emmerder, là ?!

Nyemok aurait voulu crier plus fort sur sa monture, mais qui sait quelle créature il pourrait attirer ainsi ? En ramassant les objets renversés sur le sol humide, le singe entendit sa monture lui tourner le dos, vexée.

Tête de mule celle-là…

Il remit dans son sac son unique gant. Sans doute avait-il fait tomber l'autre la veille lorsqu'il avait été pressé de fuir. Il reconnut également les papiers d'identité de l'ours laissé mort sur le sol de sa chambre : preuve pouvant jouer contre lui… Il porterait forcément le chapeau pour l'incident qui s'était produit à son domicile. Juste à côté, un petit sachet usé contenant très peu de poudre anti-Ténébreux. Nyemok avait quasiment tout utilisé…
Il vit aussi la frêle pierre rose que lui avait confiée la déesse Licornia elle-même. Il avait oublié jusqu'à son existence. Quand l'avait-il placée là ? Tant de gestes machinaux… Ce petit caillou restait si discret au milieu de tout le reste. La grande Gardienne du froid avait mis sa confiance en Nyemok à l'instant précis où il avait accepté de prendre la pierre. Aussi insignifiant soit-il, il devait probablement jouer un rôle… mais lequel ? Il entendit la douce voix de la déesse résonner encore en lui.

Le singe d'argent se demandait quelle serait sa prochaine étape alors que la nuit avançait. Même en connaissant son objectif... Comment allait-il vraiment procéder ? Après des heures et des heures à avancer dans ce tourbillon de glace et de blanc, peut-être commençait-il à douter de ses capacités.

Dire que j'ai failli passer à côté de... Tu as bien fait de fouiller mes affaires...

Il adressa un sourire à Glace qui ne le vit jamais, trop occupée à bouder la réaction sévère de son maître. En ramassant la petite pierre rose, Nyemok crut voir une étincelle. Infiniment courte, presque invisible... Comme si une sorte d'impulsion avait soudain animé la pierre. Il ouvrit la paume de sa main et regarda plus en détail le morceau de roche. Rien. Pas d'étincelle.
En revanche, il pouvait sentir une petite vibration. Il ferma les yeux pour mieux se concentrer. Le singe craignait que ses sens ne lui jouent des tours. Quelque chose se passait, Nyemok percevait clairement du mouvement venant de la pierre. Il aurait parié qu'un petit cœur venait de se mettre à battre à l'intérieur.

***

— Il nous aura fait cavaler cet enfoiré ! râla Orjo.
— Si ça te plaît pas, c'est pareil ! répondit sèchement Frako.
Les deux ours progressaient lourdement dans la neige, torches à la main. L'obscurité de la grande forêt les ralentissait. Les bras chargés d'armes, de munitions et de gadgets reliés par satellites encombraient leur marche au plus haut point. Ils fatiguaient sérieusement.
— Il est loin devant nous ? demanda Orjo, posant un genou dans la neige.
— Non. Il a stoppé, on est plus très loin de sa position. Et on a du bol de pouvoir le suivre, la forêt coupe bien la tempête.
— T'arrives toujours à le pister ?
Frako acquiesça en guise de réponse.
— Une chance qu'il l'ait embarquée avec lui... ricana Orjo. Au moins, Micram est pas mort pour rien !
Il vit soudain son camarade se tourner vers lui. Frako pointa sa torche droit sur lui et l'aveugla.
— Tu penses pas que tu lui manques un peu de respect, là ? siffla-t-il en serrant ses crocs. Micram s'est sacrifié pour nous, pour mener à bien sa mission, et toi tu fais ta petite ironie ?
Il posa le bout de son fusil sniper sur le front blanc de son collègue déjà agenouillé de fatigue. Orjo tremblait de terreur.

— Fra… Frako… Merde ! Qu'est-ce que tu fous ?! bégaya-t-il.
— Devrais te mettre une balle en pleine tête…
Sans ciller, Frako entendit un faible « désolé » sortir de la bouche d'Orjo. Il ôta le canon du crâne de son partenaire puis fit quelques pas face aux vents engouffrés entre les arbres.
— On marche dans cette direction et on s'le fait, annonça Frako.
— Mais… par là… c'est…
— J'te le fais pas dire… On sera au chaud plus tôt que prévu…
Les deux ours s'enfoncèrent plus profondément dans la forêt de Licornia. Ils marchaient d'un pas lourd et massif vers leur cible, bravant les bourrasques et les flocons d'une nuit déjà funeste.

***

Effectivement. Pas le moindre doute possible. C'était bien ça. Elle l'appelait. Ça ne pouvait être que ça. Aussi improbable que cela puisse paraître, quelqu'un venait de l'invoquer… Il courut, bondissant d'une branche à l'autre, d'arbre en arbre. Son existence reprenait un sens. Il aperçut une lueur un peu plus loin.

***

Nyemok s'éveilla au milieu de la nuit. Par tous les dieux, quel froid ! Quelle torture que de sentir son corps s'engourdir de la tête aux pieds. Le silence lui-même rendait le climat plus glacial qu'il ne l'était déjà. Allongé contre le ventre chaud de sa licorne, il eut du mal à imaginer la capacité de survie hors du bouclier thermique des bougies jaunes. L'angoisse le tirait sans cesse loin d'un sommeil convoité.

Le singe n'avait pas retenté une traversée de la forêt depuis très longtemps. La dernière fois, un ami à lui y avait laissé la vie. Comment retrouver la force d'affronter un lieu aussi cruel et pourtant fascinant ? Il vivait certes à l'intérieur de la forêt mais suffisamment près du village voisin. Allait-il dans la bonne direction ? Les doutes ne s'effaçaient pas de son esprit. Il avait pourtant suivi le nord-est… vers la pointe du continent. S'était-il perdu ?

Il pencha sa tête grise en arrière pour apercevoir le spectacle d'un ciel étonnamment vidé de tout nuage. La pointe des arbres morts sans feuilles tirait une perspective régulière vers les cieux. Les flocons traçaient des lignes blanches au rythme des vents, ils venaient ensuite fondre contre l'invisible aura de chaleur générée par les bougies. La tempête s'était calmée en début de soirée, les nuages s'étaient dispersés en quelques heures. Les vents quant à eux faiblissaient peu, sans doute le singe se trouvait-il proche des côtes de la péninsule d'Égiénor.

Tu fais comme papa, mon grand ? Tu regardes les mêmes étoiles ?

Nyemok s'accorda un moment de paix intérieure. Il repensa à sa famille, ce qui fondait la base de son moral d'acier. L'élément qui représentait l'équilibre dans sa vie mouvementée. Son fils Nyek aurait sans doute aimé s'allonger au milieu des bougies jaunes avec son père, ensemble ils auraient parlé des constellations des Gardiens, dessiné du bout des doigts les sceaux renfermant des créatures de légende.
Ils auraient rêvé comme un père et un fils peuvent le faire, aussi normalement que possible. Nyemok eut alors la vision de sa belle, allongée contre lui. Comme aux premiers printemps de leur union, il l'aurait serrée fort tout en lui chatouillant l'arrière de la nuque. Anina et Nyek lui manquaient… Plus que jamais. Le singe apaisa son angoisse pendant de longues minutes. L'éternelle question revenait sans cesse lui lacérer les entrailles.

Vais-je les revoir ?

Nyemok pria silencieusement Fidéi pour le bonheur de ses proches, puis il fit de même avec Consto, le dieu de l'Existence. Il s'adressa plus intensément encore au dieu de Lumière Lumis… Était-ce lui qu'il avait vu dans la clairière ? Non… Impossible, Licornia l'aurait reconnu. Soudain un bruit vint briser le répit du singe. Derrière lui, quelqu'un s'approchait discrètement. Ou bien imaginait-il des bruits… Adossé contre le flanc de Glace, il n'osa pas bouger. Ne pas éveiller les soupçons. On devait sans doute l'observer. Caché par sa monture endormie, il put étirer discrètement son bras pour saisir son sac. Se pourrait-il que… Il sortit les papiers volés au cadavre de l'ours Micram et inspecta méticuleusement les contours de la carte d'identité. Il se rappela une vieille astuce et décolla une bande magnétique faussement utile au dos de la carte. Nyemok fut pris de panique. Une minuscule puce plate était fixée sur la bande.

Vieux comme le monde. Les faux papiers émettent ma position. Comment j'ai pu ne pas y penser ?

***

Tapi dans l'ombre, il voyait maintenant très clairement le cercle de lumière en face de lui. Ça venait de là. Il l'entendait battre depuis cette zone si atypique au milieu du noir enneigé. Il vit le singe bouger lentement mais nerveusement. Il le sentait transpirer et céder petit à petit à la panique. Il allait même jusqu'à percevoir les battements du cœur de cet humal solitaire. Peut-être avait-il deviné sa présence ? Mais l'appel restait plus important, l'événement dépassait tout le reste. Il entra dans le cercle de bougies jaunes et sentit la chaleur embraser son petit corps agile.

***

Nyemok fit mine de dormir après avoir remarqué son erreur. Il saisit son arme d'une main, sans pour autant la dégainer. Il entendit de petits pas avancer dans la neige encore solide hors du cercle, puis sur le sol humide à l'intérieur. Quelqu'un venait d'entrer dans l'enceinte des bougies. Toujours adossé à Glace, il lui était impossible de regarder clairement. Il gardait les yeux fermés pour feinter son sommeil. Tout à coup, plus de bruits de pas. Il sentit alors un poids léger atterrir sur son épaule.
Le singe bondit immédiatement, pensant qu'une menace s'abattait sur lui. Il ouvrit les yeux pendant que ses mains

dégainaient son neuf millimètres prêt à cracher la mort. Il pointa un agresseur invisible. Nyemok marqua un temps. Il baissa son arme puis regarda Glace relever sa corne élancée. Elle s'éveillait lentement. La peur venait de lui faire perdre le contrôle de la situation.

Merde ! J'ai pourtant senti un poids sur moi…

Comment une créature du froid aurait pu entrer dans l'aura de chaleur ? L'hypothèse des ours à sa poursuite fut tout de suite écartée. Ils n'étaient pas là, sinon il serait déjà mort. Glace poussa un hennissement strident. Elle se hissa sur ses pattes. Quelque chose la terrifiait. Son maître tenta de la calmer. Il déposa une main contre elle, il n'entendit que des pensées d'angoisse et de peur. Un flash lui fit comprendre l'origine de cette peur si soudaine. La jument recula de quelques pas et alors Nyemok le vit… Seul et discret, juste là sous son nez.
Un Veilleur fouillait dans le sac du singe. Nyemok rangea son pistolet pour s'approcher de la créature silencieuse. Il avait du mal à croire que des Veilleurs puissent vivre dans cette région du Royaume. Ils ne se déplaçaient que très rarement sous de telles températures et toujours par groupes de trois ou quatre. Le petit corps élancé de ce Veilleur arbo-

rait un pelage beaucoup plus long et soyeux que la plupart des mâles de son espèce. Le froid avait forcé son anatomie à s'adapter. La couleur du poil variait du bleu à l'argent.

On dirait qu'il cherche quelque chose…

Le singe se mit tout doucement à genoux devant le petit être. Le Veilleur sortit alors sa tête fine du sac. Il tenait la pierre rose de la déesse Licornia entre les dents. Elle brillait maintenant intensément. Nyemok remarqua que la longue queue qui achevait l'anatomie du Veilleur brillait avec la même intensité. Les deux lumières s'accordaient parfaitement. Il comprit tout de suite.

— Je vois… Tu es sûrement au service de Licornia, pas vrai ? C'est elle qui t'envoie ?

Il avança timidement la main privée de gant pour caresser la créature, elle se laissa faire sans pour autant lâcher la pierre ; le Veilleur la prit dans ses pattes. Un geste étonnamment proche d'un humal pour une bête. Nyemok lui gratta tendrement le museau puis remonta ses doigts jusqu'au crâne. Le Veilleur ferma les yeux et fit une grimace qui ressemblait fortement à un sourire.

— Je suis sûr que tu peux me guider…

La pierre brilla plus fort encore ; le Veilleur fixa avec de

larges yeux noirs opaques le regard du singe. Glace respirait fort mais ne bougeait pas pour autant. Toujours apeurée par l'arrivée de leur petit visiteur nocturne, elle préférait regarder la scène en retrait. Le Veilleur grimpa alors sur Nyemok en escaladant sa jambe droite puis son torse.
Il se retrouva en un clin d'œil perché sur l'épaule du singe, immobile. Nyemok n'osait plus faire un geste. Le petit être avança ses antennes de peau fine vers le visage de Nyemok, attentif au moindre mouvement. La sphère lumineuse du bout de la queue du Veilleur augmenta en intensité. Glace continuait de reculer, elle se rapprochait de la limite du cercle de chaleur. Nyemok sentit deux points froids se déposer sur ses tempes.
— *C'est toi qui m'as appelé avec la pierre ? Tu peux m'entendre ?*
Le singe entendait la pensée de quelqu'un d'autre. Une autre voix venait d'entrer dans son esprit. Il n'osa pas répondre à voix haute avant de se rendre compte qu'il venait de penser à une réponse et donc de répondre malgré lui.
— *J'entends une autre voix,* pensa-t-il instinctivement.
— *Je pense que tu es celui qui m'a appelé. C'est bien toi qui avais la pierre de ma maîtresse.*
Nyemok comprit que le Veilleur parlait avec lui comme il parlait à Glace lorsqu'il posait sa main contre elle. Il continua donc de penser pour communiquer.

— *Ta maîtresse... Licornia... Elle m'a dit que je trouverais ce que je cherche avec ton aide... Je voudrais aller jusqu'à un...*

— *Je sais où se trouve le bunker...* coupa le Veilleur. *Tu marches dans la bonne direction. Mais sais-tu seulement ce que tu vas trouver là-bas ?*

Le Veilleur communiquait avec une voix intérieure monocorde, ni grave, ni aiguë. Elle résonnait comme un souffle apaisant dans l'esprit de Nyemok. Les pensées de la petite bête firent oublier ses peurs au dresseur de licornes.

— *Un ami compte sur moi pour...*

— *Retrouver une des Pages, je sais. Tu ne cesses de le penser depuis que je lis en toi... Je suis très impressionné par ta loyauté. Quelle chance a ton ami.*

Visiblement très efficace. Le Veilleur savait déjà tout de la mission. Il restait pourtant tant de questions à ce propos...

— *Pourquoi est-ce si important ?* demanda-t-il à l'esprit du Veilleur.

— *Hélas ni moi ni ma maîtresse ne le savons. Nous savons juste que la Page que tu cherches est cachée depuis quelque temps dans ce bunker...*

— *Depuis combien de temps ?*

Il sentit tout à coup son angoisse augmenter encore.

— *Peu importe. C'est une arme si puissante... Tu ne dois...*

Le Veilleur retira les fines antennes des tempes du singe

sans terminer. Il les dirigea vers Glace. La licorne venait de faire tomber une des bougies jaunes. Paniquée, elle se cabra. Une vague d'air froid balaya la chaleur ambiante. Autour du petit camp, la forêt se mit à trembler.
Nyemok jura entendre les sifflements du vent redoubler de force, ainsi que des battements d'ailes au-dessus de lui. Il ne vit rien. Le Veilleur posa de nouveau ses antennes sur les tempes du singe.
— *Tu es suivi, singe d'argent.*
— *Je fais quoi ?* paniqua intérieurement Nyemok.
— *Tu me suis. Je vais te guider ; si toutefois tu perds ma trace, continue toujours vers le nord-est. Ne t'arrête pas… les Ténébreux ne sont jamais bien loin. Surtout ces derniers temps.*
Le Veilleur prit soin de déposer la pierre dans la poche du blouson du singe puis bondit par terre. Les bougies s'éteignirent les unes après les autres sous la force des vents de la forêt. Nyemok les récupéra le plus rapidement possible. Il siffla ensuite sa monture avant de lui sauter dessus sous le regard attentif du Veilleur.

Allez ma belle, on y est presque…

Le Veilleur débuta sa course pour guider Glace et son maître. À peine la licorne fut-elle lancée au galop qu'un coup de feu retentit au milieu des hurlements du vent. Une gerbe de sang jaillit de l'épaule de Nyemok. Il perdit l'équilibre et tomba dans la neige fondue.

Glace continua d'avancer et disparut au loin dans le noir des arbres morts. Le Veilleur quant à lui stoppa sa course, éteignit la lumière au bout de sa queue et grimpa se réfugier dans un arbre. Du sang coulait de la blessure du singe, inconscient.

Chapitre 9

Le marbre devient jaune

Jagnoir avançait dans une petite rue vide et sale. Jamoon le suivait. Salis par la poussière soulevée à cause des explosions lors de leur fuite, ils reprenaient maintenant leurs esprits. Quelques dizaines de minutes à peine pour fuir, se cacher et survivre. Jamoon regarda la voloiture mal garée derrière d'immenses containers de tri sélectif éventrés sur le bitume. Il accéléra le pas pour ne pas perdre de vue le jaguar.

— On va vers où comme ça ? demanda-t-il.

— Tu devines pas ? C'est toi le Haillon pourtant, répondit

Jagnoir en pianotant sur son avant-bras – il vérifiait la présence d'ennemis potentiels grâce à son brordinateur.

Rien de bien méchant pour l'instant... Vu la distance parcourue en voloiture, on a un peu de temps devant nous...

— Je crois qu'on est pas loin du parc de Fidéi...
— Tu vois quand tu veux ? sourit le félin noir.
— Alors c'est là qu'on va ?
Pas de réponse. Jagnoir se mit à trottiner vers le bout de la rue vide. Il tourna sur la gauche à l'angle d'un bâtiment et stoppa sa marche hâtive. Son regard s'éleva : un monumental obélisque marquait le plus grand carrefour de la capitale. Des dizaines de voloitures planaient tout autour du rond-point aérien dans un ballet technologique somptueux.
— On traverse et on entre dans le parc, fit Jagnoir en désignant un large portail en face d'eux.
La structure enlacée par du lierre révélait une nature désireuse d'avancer plus loin sur le gris urbain qui l'entourait. Autour des grilles grandes ouvertes aux marcheurs amoureux du vert, un haut grillage turquoise délimitait les bordures du parc, et par la même occasion le centre réputé de la capitale du Royaume.

Pourvu qu'on ait pas de mauvaise surprise à l'intérieur... En même temps... faut y aller... avancer... ne pas s'enliser...

***

Le colonel Liono King s'effondra dans un large canapé rouge déjà affaissé par le temps. Il souffrait tant depuis sa fuite. Jamais courir ne lui avait semblé aussi insoutenable, des milliers de lames semblaient l'avoir transpercé à chaque pas. Chaque respiration, chaque battement cardiaque, chaque son entendu devenait synonyme de supplice. La douleur pourpre ne s'arrêterait donc jamais ? Un tel décuplement de sensibilité physique donnait lieu à de véritables horreurs à endurer.

N'importe qui trouverait normal de préférer mourir après quelques centaines de mètres parcourus. Toujours torse nu, King tentait de bouger le moins de muscles possible. Son cœur ne battait plus, il frappait dans sa poitrine. Le sang écorchait l'intérieur de ses veines. Il maudissait silencieusement le breuvage meurtrier. Une voix vint meurtrir les tympans du lion.

— Comment ils ont trouvé ta cachette ? Pourtant ça fait un moment que tu la possèdes, non ?

Dans la pièce voisine, un lama âgé préparait une mixture fumante.

— J'ai tout fait pour la garder secrète… Mais tu sais qu'avec eux…
King ne trouva pas la volonté d'articuler d'autres mots tant sa mâchoire, sa gorge et sa tête le lançaient.
— Ils n'aiment pas les secrets… Du moins… ils n'aiment pas qu'on en ait pour eux…
Le lama poussa des sachets d'épices avec fougue pour faire de la place sur la grande table de la cuisine. Ses gestes rapides traduisaient un certain stress face à la situation. Il semblait paniqué. Il coupa le gaz sous la plus grosse des marmites utilisées, saisit les poignées imposantes et peina pour la déposer sur la table.

J'vais finir par me faire un tour de reins moi… C'est plus de mon âge ces grosses mixtures…

Liono King se tourna douloureusement dans le canapé du lama. L'appartement foisonnait de divers talismans accrochés aux murs. Des sculptures mystiques en bois jamais remarquées par le colonel après tant d'années à venir là étaient posées un peu partout sur les meubles en vieux chêne du salon. Le lion respirait peu pour ne pas trop enflammer ses poumons. Il suait de fatigue.
— Ça fait plus d'une demi-heure qu'on t'a administré cette saloperie ?

Le lama cherchait quelque chose dans un placard sous l'évier.
— Heu... Je crois ouais... Je tiens plus Namal... J'y arrive plus.
Le colonel sentait ses pensées lui échapper.
— C'est normal, ton cerveau sature, trop d'informations... La douleur pourpre entre dans sa phase finale. Je suis même étonné que tu restes conscient.

Quelques minutes de plus là-dehors et tu mourais mon vieux...

Namal sortit de la cuisine à toute vitesse. Il tenait fermement un petit bol brûlant à la main. Sa toge marron flirtait avec le sol, seuls ses pieds dépassaient sous la limite du tissu épais. La fine silhouette du lama animait le vêtement de façon fantomatique. Il vint s'installer aux côtés de King, presque inconscient.
— Hé Liono, tu vas quand même pas mourir aujourd'hui ?
Namal mélangea le contenu pâteux du petit bol avec l'index. Il vit son ami essayer d'articuler quelque chose, en vain. King tremblait légèrement.
— Hé ho !! Me fais pas ça ! Reste avec moi ! Pense à ta fille ! Tu voudrais quand même pas qu'elle apprenne que t'es mort de cette saloperie ?
À mesure qu'il parlait, Namal déposait le contenu fumant

du bol sur la truffe blessée du lion. La substance pâteuse luisait d'un rouge vif chatoyant. Le lama dessina ensuite un trait horizontal sur le front de son patient. Il marqua un temps, sembla réfléchir à ses futurs gestes.

— C'est à cause de moi s'ils sont tous en danger… S'il leur arrive quelque chose…

Le répit fourni par les gestes de Namal donna l'occasion au colonel de restructurer quelques idées… Il repensa immanquablement à tout ce qu'il avait déclenché durant les dernières soixante-douze heures. Il aurait préféré remonter le temps à cet instant… Tout arrêter, protéger ses quatre agents… tenter de préserver les Jamureta d'une menace qui les dépassait… qui dépassait même le reste du monde…

— Y'a trop de choses en jeu Namal… confia-t-il. Les Pages… Putain les Pages… Si jamais ces enfoirés les réunissent et les gardent pour eux…

Liono luttait pour rester conscient ; ses yeux se révulsaient, comme pris d'une transe ; il souffrait et sentait sa peur atteindre son maximum.

— Courage ! Tiens le coup ! Ça fait mal je sais mais c'est la seule manière d'évacuer cette merde de ton sang.

Namal rassurait le lion trempé de sueur. La peau du colonel fumait légèrement. La douleur pourpre s'évacuait sous l'effet du très puissant médicament concocté par le lama alchimiste.

— La mixture que je te dépose sur le visage élimine le poison, tu vas sentir des douleurs encore quelques instants… T'as fait le plus dur Liono. Crois-moi, ils ont loupé leur coup car tu vas vivre.

Namal se releva. Il fixa le lion dans les yeux. Le souffle du colonel King s'apaisa progressivement.

— Tes petits protégés vont s'en sortir… J'ai vu Jagnoir aujourd'hui… Juste avant qu'une panique générale ne disperse toute la foule. Je l'ai vu réagir calmement malgré la situation.

— T'as dû le voir tirer une drôle de tête quand il t'a reconnu, non ? soupira King entre deux spasmes.

— Pas vraiment puisqu'il ne me connaît pas.

— Ils ont attaqué en public ? s'étonna King avec un temps de retard.

Namal acquiesça l'air grave.

— Ils tentent tout… Je pense qu'ils sont sûrs de leur coup, ajouta-t-il. Ils préparent quelque chose et ces salauds pensent que les Jamureta sont avec toi.

— Il ne reste qu'une seule carte à jouer… ou plutôt quatre… conclut Liono avant d'être coupé par une nouvelle série de maux de tête.

Il sentait tout de même son rythme cardiaque diminuer, tout comme l'ensemble des douleurs générées par le breuvage assassin.

— Il faut que je les contacte… Il t'en reste ? questionna le lion entre deux brûlures.
Namal ferma les yeux un instant.
— Bien sûr qu'il m'en reste. J'en ai même préparé une nouvelle dose. Tu sais que j'aime bien en avoir toujours à disposition…
— Tu vas m'aider ? demanda King.
— Me dis pas que t'es juste venu pour ça…
— On sait tous les deux que c'est la seule solution pour faire passer une info rapidement.
— Liono ! Merde !! Je suis toléré dans ce Royaume ! Si le roi n'était pas un ancien ami, je serais déjà au trou ! s'emballa Namal, visiblement stressé.
— Tu refuses de pratiquer une télépathie ? lança King.
Namal sortit du salon. Le lama d'un âge bien avancé s'arrêta dans sa cuisine devant l'immense marmite. Tiraillé entre son désir d'aider un ami en mauvaise posture et la raison. Normalement banni du Royaume lumineux, Namal demeurait toléré par le roi dans la capitale… à condition bien sûr qu'il ne pratique plus l'alchimie. Chose impensable pour lui.
— J'ai toujours pratiqué sans faire de vagues… à toute petite échelle depuis que j'ai eu mes soucis. Mais là Liono…
— Je sais que je te demande beaucoup… compatit King.

— Le problème c'est pas de faire de la télépathie, y'en a des douces… des indétectables… Celle que toi tu veux c'est la foudroyante ! Elle est puissante et repérable par des habitués.
Namal prit sa canne, la tapota sur le sol plusieurs fois. Il réfléchit sans rien ajouter. Le lion osa une ultime tentative.
— Ils vont se faire tuer Namal… Pour quelque chose qu'ils sont censés posséder… et qu'ils n'ont pas… Tout ça par ma faute…
— Et qu'est-ce que tu vas leur dire ? Pardon ?
— Non… je vais leur dire comment gagner ce combat… ponctua-t-il d'un ton ferme.
Namal ne répondit plus rien. Il fit les cent pas de part et d'autre de la pièce, lentement, les yeux rivés vers le sol. Il tentait d'évaluer tous les risques générés par la demande de son ami, les conséquences sur sa propre existence. Difficile… Il s'appuya une nouvelle fois sur sa canne aux signes ésotériques avant de se tourner vers son ami. Il n'osait pas se prononcer.

***

Serrée dans les bras de son bien-aimé, Clania sentit son souffle s'apaiser légèrement. La panique qui la faisait sangloter disparut un moment. Taïg desserra son étreinte. La jeune lionne le regarda sans dire un mot, à la fois heureuse et surprise d'avoir trouvé le tigre ici en plein centre d'Allegron.

— Tu n'étais pas en mission ? Comment ça se fait que...

Taïg ne la laissa pas terminer sa phrase et l'emmena hors du chemin pavé de marbre pour plus de discrétion.

— Tu sais si ton père va bien ou pas ? interrogea-t-il.

La tête tournée vers le moindre élément suspect, il surveillait d'éventuels sbires à leurs trousses.

— J'en sais rien du tout, répondit Clania. Il m'a juste appelée pour me dire de quitter l'appartement. J'étais en danger si je restais chez moi. Je sais même pas de quoi je dois me méfier.

— T'as été suivie ?

— Non... Enfin j'en sais rien... sanglota tout à coup la lionne.

— Qu'est-ce qui se passe ? ! Ça va pas ?

— Pourquoi mon père me fait faire tout ça ?

— Aucune idée mais il a tenté de me protéger aujourd'hui, raconta Taïg. Il m'a mis sur une piste. Tu te rappelles des amis dont je t'ai parlé ?

— Oui, vaguement... Ceux avec qui tu pars en mission ?

— Exactement. Tu en as parlé à quelqu'un ? N'importe qui, une copine, un collègue de ton père ?

Le jeune tigre semblait mener un interrogatoire improvisé.
— Mais non ! s'offusqua-t-elle. Je sais me taire crois-moi, vu l'éducation de mon père…
Taïg restait dubitatif.
— Mais bordel, y'a bien quelque chose qui s'est passé pour qu'on soit crevés… Du jour au lendemain, on essaie de nous exécuter et cette merde est une preuve qu'on est un contrat !
Taïg désigna du regard la mallette qu'il portait avec lui.
— Ça nous dépasse totalement… Je sais même pas si les autres sont en vie. Heureusement je t'ai toi au moins…
Taïg embrassa la lionne tendrement. Elle se laissa aller quelques secondes. Elle osa même dessiner un sourire le long de son doux visage.
— Dire que tu voulais annoncer la nouvelle à mon père…
— Oui bon, ça attendra c'est clair. J'me vois mal le retrouver pour lui dire que je sors avec sa fille depuis quelques mois dans son dos.
— Le contexte est pas idéal, c'est sûr, se moqua-t-elle.
Clania rit de bon cœur, elle laissa le stress fuir son corps quelques secondes. Immanquablement toutefois, elle repensa à son père et au coup de téléphone terminé sur un craquement pour le moins angoissant à l'autre bout du fil.
— Tu connais un certain Nyemok ? demanda Clania.

Taïg fut surpris d'entendre ce nom dans la bouche de sa copine. Cet humal était un contact du colonel au nord du pays. Personne ne connaissait son existence en dehors des supérieurs des Jamureta : le Conseil.

— Je ne connais que son nom mais… par contre, je savais pas que toi tu le connaissais… marmonna-t-il. Il est à Allegron ? Quel rapport avec ce qui se passe ?

— Mais chéri j'en sais rien ! Mon père m'a juste demandé si j'avais eu des nouvelles de lui.

Clania tentait de s'expliquer clairement pour montrer à Taïg qu'elle ne comprenait pas ce qui se tramait.

Ton père a sûrement la clé de toute cette merde ; il savait qu'on allait nous attaquer moi et le reste de l'équipe. Son seul avertissement a été la mission de dernière minute qu'il m'a confiée, avoua Taïg.

Il savait que parler de tout ça à Clania pouvait la mettre en danger, mais à qui d'autre pouvait-il se confier ? Qui aurait pu croire et saisir ce que ce genre de travail impliquait ? Et puis qui d'autre aurait pu être mieux placé que la fille de son supérieur pour compatir à cette vie-là ?

— Si j'te connaissais pas, j'te prendrais pour un fou…

— Alors heureusement que tu me connais ?

Il ajusta son costume avec un petit sourire en coin et approcha ses lèvres des siennes.

— Et j'en suis fort contente cher ami… ironisa-t-elle avant de se laisser une nouvelle fois embrasser.
Elle eut l'étrange pressentiment que tout deviendrait plus compliqué désormais. Était-ce une idée farfelue issue de la peur ou bien son côté réaliste qui faisait tout à coup surface ? Clania voulait profiter de cette entrevue volée, de ce baiser trop court. Peut-être était-ce le dernier avant un long moment.
— Qu'est-ce que tu fabriques dans le parc au fait ? reprit Taïg. Pourquoi cet endroit ?
La lionne recula un peu, suspicieuse.
— J'pourrais te poser la même question.
— Ton père nous avait conseillé cet endroit comme lieu de rendez-vous en cas de gros problème il y a des années de cela… Alors… avec les autres, on a décidé d'un mot de passe… et d'un lieu pour se retrouver facilement…
Clania rit de bon cœur une nouvelle fois.
— On dirait qu'il m'a conseillé le même alors… Le parc de Fidéi est l'endroit où ma mère et mon père se retrouvaient quand ils étaient plus jeunes… et c'est devenu le lieu de "crise" comme il dit… Quel parano celui-là…
— Ça nous a plutôt bien réussi jusqu'à maintenant.
— J'espérais le trouver en venant ici, confia-t-elle.
Clania sentit sa peine resurgir. Elle retint quelques larmes

avant de jeter des regards angoissés à droite et à gauche. Dans le parc, des promeneurs allaient et venaient, riaient et jouaient. Des enfants couraient dans l'allée principale. Les habitants vivaient leur vie sans que rien de suspect ne les perturbe. Taïg profita de l'instant de répit pour demander encore quelque chose à sa bien-aimée.

— Je peux savoir ce que tu portes là ?

Clania ne répondit pas tout de suite, elle serrait toujours son sac à dos contre sa poitrine.

— C'est juste quelques affaires. Je pense pas pouvoir retourner chez moi avant plusieurs jours donc... Juste le temps que tout ça se calme.

— Bon... Très bien... Je suppose que tu sais ce que tu fais. Si t'as besoin de...

Taïg ne continua pas sa phrase. Il vit quelque chose de bien plus intéressant devant lui.

Juste là dans l'allée principale, il eut d'abord du mal à le croire.

***

— C'est encore loin votre statue, m'sieur Jagnoir ?

Jamoon aurait préféré s'arrêter boire quelque chose au lieu de marcher sans cesse. Il avait suivi Jagnoir jusque dans le

petit parc du centre de la ville. Le pire c'était qu'il ne savait même pas pourquoi il avait fait ça. Peut-être se sentait-il tout simplement bien avec le jaguar ?
— On y est presque. Courage ! répondit Jagnoir. À moins que tu préfères rentrer chez toi tout de suite ?
— Non, pour l'instant ça me va… Et puis j'suis chez moi un peu partout… L'écureuil hésita avant de se décider à continuer.
— Par contre… J'ai un truc qui me chagrine depuis tout à l'heure. J'peux vous poser une question ?
— Bof… pose toujours… Au point où on en est, se résigna Jagnoir.
— En fait j'me demandais ce que ça voulait dire votre phrase là… "Le marbre devient jaune"…
Jagnoir stoppa sa marche et se tourna vers l'écureuil. Des passants les croisèrent, il attendit de les voir suffisamment éloignés pour parler :
— J'devrais même pas m'arrêter pour te répondre !
Jagnoir parlait en serrant ses crocs, visiblement agacé par la question. Il reprit sa marche au milieu de la flore luxuriante du parc. Jamoon décida d'être têtu.
— Allez dites-moi… C'est pas le secret du siècle votre truc ! J'aimerais comprendre c'est tout, insista-t-il.
Cette fois-ci Jagnoir continua d'avancer. Au bout de l'al-

lée sur laquelle les deux compagnons se trouvaient s'élevait une statue en or du dieu rieur Fidéi. Plutôt bon vivant et bien en chair, le dieu riait aux éclats. Il avait la forme d'un porc. Forme peu flatteuse mais ô combien comique et drôle pour véhiculer les valeurs liées aux plaisirs de la vie.

— Sur quoi tu marches là ? reprit Jagnoir, du bout des lèvres.

— Comment ça ?

— Regarde sur quoi tu marches !

Jamoon baissa la tête et vérifia le sol. Il ne comprenait pas où le jaguar voulait en venir.

— Ben… C'est du marbre… et après ?

— Regarde au bout de l'allée, ajouta l'agent. En quoi est faite la statue ?

Jamoon s'exécuta, il leva la truffe pour la pointer devant lui. Il remarqua la statue de Fidéi au bout mais rien qui…

— Ça y est ! J'ai compris !! La rencontre du marbre et de l'or, la couleur de la statue ! C'est un point de rendez-vous !

— C'est ça ? C'est un lieu pas vrai ?

Jagnoir sourit sans rien ajouter, il continua de marcher vers le dieu rieur.

Ce gamin comprend vraiment vite… Il s'adapte facilement à pas mal de choses… Décidément… Il est impressionnant…

Tout à coup, surgis de nulle part, des pas se rapprochèrent des deux humaux. Des pas de course à en juger par la fréquence des sons. Jagnoir dégaina instinctivement son arme, il pivota sur lui-même et posa un genou à terre au cas où un tir serait déclenché. Il pointait son arme vers son ami Taïg… Le tigre fut rassuré de revoir un autre membre des Jamureta encore en vie.

— Des types ont essayé de te tuer, pas vrai ? questionna Taïg sans perdre une seconde.

— C'est presque une habitude avec nous, pas vrai ? sourit Jagnoir.

Taïg éclata de rire, les deux amis se saluèrent par une bise fraternelle. Le tigre fit un signe en direction des plantes à côté du chemin principal. La ravissante lionne Clania sortit des buissons et vint se coller à lui. Jagnoir laissa tomber ses bras le long du corps.

— Mais… c'est pas la fille du colonel ? marmonna-t-il en rangeant son arme.

— Si si… Et figure-toi que c'est aussi ma copine.

***

Les douleurs s'effaçaient peu à peu. Le colonel King arrivait maintenant à bouger les principales parties de son corps sans trop sentir de crampes, piqûres ou autres sévices corporels liés au poison. Il sortit lentement d'une sieste trop courte.

— La pâte fait effet ?

Namal ferma les stores en bois fin de sa fenêtre principale pour réduire la lumière. Cette baisse de la luminosité offrit une nouvelle ampleur à la pièce. Derrière les fenêtres, des voloitures planaient çà et là, elles montaient et descendaient dans les airs à des allures différentes. Silencieusement, le lama se rapprocha du colonel à moitié endormi dans le canapé du salon. De l'encens brûlait dans la pièce pour dissiper les mauvaises ondes et diffuser un doux parfum ambré.

— L'air est presque vidé de parasites, dit Namal debout derrière le dossier du canapé. On va pas tarder à commencer. Souviens-toi qu'on n'aura pas beaucoup de temps pour les trouver et faire passer ton message. Je nous donne au maximum deux minutes.

— D'accord.

— Pourquoi t'essaies pas de les appeler directement sur leurs toufaires ? Ça serait clair et moins risqué pour nous… et surtout plus légal.

Le colonel King récupérait lentement de son éprouvante expérience pourpre. Il arbora un sourire moqueur et gratta sa crinière en désordre.

— Plus légal OK… mais beaucoup moins sûr crois-moi… Ils écoutent, détectent et manipulent presque tout ce qui est relié à la technologie sur la ville. C'est à se demander comment le roi est encore en vie. S'ils le voulaient ils pourraient…
King ne termina pas. Il respirait plus calmement maintenant et retrouvait son assurance, ainsi que le ton rauque habituel de sa voix. Celle qui avait fait de lui un grand leader aux yeux du Conseil.
— J'suis vraiment heureux et fier que tu acceptes de m'aider Namal. Vraiment… Je t'en dois une belle, lança-t-il au lama.
— C'est moi qui t'en devais une depuis un bout de temps, rétorqua son ami gêné.
Namal fit le tour du canapé pour aller allumer quelques bougies blanches et noires dans différentes zones de la pièce peu éclairée. Une atmosphère différente prit le dessus, moins austère.
Les masques et autres sculptures en bois révélèrent des ombres inattendues, parfois menaçantes lorsqu'un visage caché n'offrait qu'une moitié à la lumière. Namal saisit un coussin sur un petit fauteuil en face de King. Il poussa la table basse du centre de la pièce pour faire de la place et déposer le coussin au sol.

— Viens t'installer ici, dit-il au colonel d'un geste de la main. En s'approchant de son ami, le lion vit la canne aux idéogrammes mystérieux scintiller. Chaque signe porteur de sens dégageait une faible lueur bleutée. Sans doute l'alchimiste avait-il déjà débuté sa fameuse télépathie foudroyante.

Liono s'agenouilla religieusement sur le petit coussin. Namal fit couler la cire d'une bougie blanche puis celle d'une bougie noire dans un bol à côté d'eux. Il le déposa lentement au sol devant le colonel, à quelques centimètres de ses genoux. Il marqua un temps de réflexion.

— Tu te rappelles comment on fait, c'est bon ?

— J'suis pas vraiment sûr… mais je vais me débrouiller, hésita King.

— Tu ferais mieux de bien te concentrer. Ça va aller très vite… à la vitesse de la pensée pour être exact. Tu dois toujours te focaliser sur les âmes que tu recherches. C'est quelque chose de très abstrait… On va pénétrer une sorte de réalité parallèle, un autre exemplaire de notre monde mais uniquement fait de particules.

Les instructions de Namal se voulaient les plus précises possible. Difficile de parler de ce genre de choses. Il savait très bien comment l'appréhender, le dompter même. En revanche le décrire relevait de l'exploit tant les yeux ne savaient voir une âme ni son contenu. Seul un troisième œil assez ouvert pouvait être capable de cheminer dans cette jungle d'atomes.

— Rappelle-toi bien d'eux... Visualise, imagine, sens-les... Ils t'apparaîtront, précisa le lama.

— T'en fais pas, j'ai pas pratiqué souvent la télépathie foudroyante mais... de toute façon je ne pourrai pas les louper.

King ne put s'empêcher d'éprouver une certaine fierté. Namal ne comprit pas vraiment le sens des mots du colonel.

— Je vais les chercher avec toi. Ensuite, une fois qu'on les a localisés, on relie leurs âmes avec les nôtres et à ce moment-là, tu penses au message à faire passer. Tu vas émettre automatiquement dans leurs esprits via leurs âmes... Fais bien attention à ne pas les submerger de pensées parasites ou d'émotions trop violentes. Ça pourrait brouiller ton message. Le truc c'est de...

— Namal... Ils sont en danger, coupa Liono sèchement. Commence j't'en prie...

Namal n'ajouta aucune consigne télépathique. Il saisit plus fermement sa canne, un peu vexé par le ton du colonel. Il mélangea les deux cires contenues dans le bol avec le bout pointu de son bâton, de plus en plus bleu à en juger par la lueur des signes mystérieux gravés dessus. Les matières blanches et noires dansèrent en un tourbillon qui devint liquide. Alors naquit le gazeux.

Une fumée monta le long du bâton mystique de Namal. Grisâtre et nauséabonde, elle fit grimacer les deux humaux ; des reflets du même bleu que les signes de la canne vibrèrent à l'intérieur du gaz. Silencieux, les deux amis laissèrent ensuite entrer les vapeurs dans leurs poumons. Ils toussèrent une fois, éjectant leur âme de leur corps par la même occasion. Namal fit irruption le premier dans l'esprit de King.

Dépêche-toi, on risque de nous repérer, cette pratique est interdite. Dans à peine plus d'une minute, des maîtres alchimistes nous trouveront… Les mêmes qui m'ont traqué il y a des années. Il faut faire vite…

King sentit une masse légère monter au-dessus de son enveloppe physique après une petite toux. Il était toujours conscient de sa masse organique bien collée au sol mais… une autre masse, plus légère et non soumise à la gravité planait… L'âme du colonel venait de quitter son corps.

***

— Comment ça c'est ta copine ? questionna Jagnoir qui avait du mal à réellement saisir tout ce que cela impliquait.
— Ben… Clania et moi on sort ensemble.

Taïg tenait la ravissante lionne par la main. Ils avaient très bien dissimulé leur relation. Rien n'avait filtré. Pas même un regard inhabituel. Il faut dire que Clania croisait rarement Mujura, Jagnoir et Redshot. Assez souvent en tout cas pour que personne ne devine ce qui se passait entre eux.
— Mais ça fait longtemps vous deux ? questionna Jagnoir en souriant. Sérieux, c'est une sacrée surprise… Le colonel doit être content.
Clania fit une grimace en plissant les yeux.
— Mon père n'en sait rien. En fait on compte sur ta discrétion Jag.
— Aucun souci, confirma Jagnoir d'un clin d'œil.
Il montra Jamoon du doigt.
— Voici Jamoon, un Haillon particulièrement courageux. Vu le nombre de fois où il a failli mourir aujourd'hui, il pourrait presque être un Jamureta.
Taïg et Clania rirent en regardant l'écureuil puis le saluèrent. Jamoon se sentit fier d'être enfin estimé par des citoyens de la surface d'Allegron. C'était d'ailleurs la première fois de sa vie que cela arrivait. Il les salua à son tour d'un geste de la main puis se gratta derrière la tête, un peu gêné. Avant qu'il ne puisse parler, Jagnoir reprit la conversation. Jamoon crut entendre un bruit dans les plantes voisines.
— Taïg… Faut qu'on retrouve les autres…

— Je sais... mais où chercher ? Ils sont déjà en ville tu crois ?
— Ils sont encore en vie ? demanda Jagnoir.
Taïg eut pour seule réponse un regard plus noir que le pelage de son ami. Un silence pesant s'installa.
— Tu en doutes ?
— Ah parce que tu veux me faire croire que t'es sûr à cent pour cent qu'ils sont en vie ? S'il te plaît Taïg, on est affaiblis en étant séparés. Les types qui nous attaquent en profitent.
Clania leva son regard vers celui de son fiancé. Elle ne croisa pas les yeux verts du tigre. Il fixait silencieusement Jagnoir. Soudain un craquement mit fin à l'absence de bruit. L'allée centrale du jardin comptait désormais peu de promeneurs. Jagnoir aurait dû le remarquer plus tôt. Quelque chose clochait. Jamoon huma l'air. Cette odeur... Mystérieusement familière. Les félins le regardaient faire, attentifs au moindre bruit suspect. Soudain le petit écureuil comprit.
— Vous empestez à trois kilomètres les gars ! rit-il soudain.
Jagnoir et Taïg ne comprirent pas. Clania alla même jusqu'à se renifler les mains et les avant-bras. Jamoon rit de plus belle. Il désigna les buissons colorés sur le côté de l'allée centrale. Au loin, la statue du dieu Fidéi semblait participer elle aussi à la soudaine crise de rire de Jamoon avec son sourire communicatif.

— On peut savoir ce qui est si drôle ? s'impatienta Taïg.
— Chez nous la douche c'est une option… et y'a rien de drôle là-dedans…
Une voix masculine cassée s'éleva. Calmement, un lièvre sortit des buissons. Visiblement énervé, il avança vers Jamoon. Ses deux longues oreilles étaient attachées dans son dos. Leur propre poids les faisait ballotter. Une chemise probablement blanche autrefois et un jean usé témoignaient de la condition du jeune lièvre. Un Haillon rejoignait Jamoon.
— J'vous présente Liémi, annonça Jamoon. C'est le chef de mon gang de Haillons. On l'appelle "le Puant" parce qu'il transpire beaucoup.
— Ben vas-y, invite-les à boire le thé aussi ! s'énerva le lièvre, visiblement vexé.
À mesure qu'il approchait, Clania et les autres remarquèrent l'odeur en question. Impossible en effet de passer inaperçu avec ce genre d'agression olfactive. Sans être insoutenable, elle gêna cependant les félins habitués à d'autres fragrances dans leur style de vie.
— Comment tu m'as retrouvé ? questionna Jamoon en saluant son chef.
— Je t'ai trouvé un peu au pif puisque j'arrive à peine de la planque.

Liémi désigna d'un hochement de tête les buissons desquels il venait de sortir. Il continua en marmonnant, le dos tourné.
— On peut savoir à quoi tu joues, là ?! Depuis quand tu traînes avec des types de la surface ? C'est contraire au Code, j'devrais te virer Jamoon !
— C'est compliqué…
— Ton affaire a marché ? Le truc de ce matin, là ?
— Pas vraiment non… J'ai bien failli y rester à cause de l'enflure qu'tu m'as conseillée ! grogna Jamoon.
— J'te pensais plus balèze que ça, mec ! Une livraison, c'est pas la mer à boire ! glissa Liémi en croisant les bras.
— Peut-être, rétorqua l'écureuil, mais des meurtres pour des mafieux, j'suis pas fan !
Taïg prit Clania par le bras. Il profita de la discussion des Haillons pour parler discrètement de son côté.
— Chérie, il faut qu'on parte avec Jagnoir. On doit retrouver les autres, sans parler du fait de rester planqués.
— Je viens avec toi. Mon père le voudrait, répondit-elle.
— Ton père voudrait que tu restes en vie… Nous suivre… c'est pas la chose la plus sûre au monde.
— Mais j'ai nulle part où aller.
Jagnoir hocha la tête en direction des Haillons.
— On n'emmène pas le gosse non plus… Pourquoi elle

irait pas avec eux ? proposa-t-il.
— Jag, t'es sérieux ?
Taïg n'avait pas considéré cette solution. Il dut se rendre à l'évidence. Aucune autre solution n'était plus sûre que d'aller sous la ville en attendant que toute cette folie se calme. Seul problème : les Haillons avaient la réputation de ne pas fréquenter de « riches » ou d'autres « types de la surface ». Ils ne prendraient pas Clania à moins d'y voir un certain intérêt.
— Tu penses vraiment qu'ils pourront la planquer ?
— J'sais pas… mais pourquoi pas ? conclut Jagnoir, sans réel argument.
Jamoon se rapprocha. Le lièvre restait en retrait, le regard méfiant. Nul besoin d'être devin pour remarquer son manque d'estime pour les habitants d'Allegron. Les années passées sous la ville avaient eu raison de son indulgence envers les plus aisés. Liémi ne parla pas tout de suite. Taïg débuta.
— Bon… On a peu de temps devant nous. Je sais pas si vous allez accepter toi et ton chef… mais on voudrait vous demander quelque chose. Je sais que ça va paraître un peu direct et que…
— On voudrait que vous l'emmeniez avec vous, coupa Jagnoir.

Cette intervention eut l'effet d'une insulte sur le lièvre qui cracha immédiatement dans l'allée de marbre. Jamoon fit la grimace mais n'osa pas refuser pour autant. Clania garda le silence, serrant son petit sac contre elle.

— Je sais pas, répondit l'écureuil. On a pas vraiment pour habitude de mêler des gens de la surface à notre vie.

— T'ai-je mis à l'écart quand t'es revenu me voir ? Les habitants vous tolèrent toi et tes potes clodos dans les rues, pas vrai ?

Jagnoir semblait très agacé. Il considéra les Haillons qui assistaient depuis le début à cette scène, discrètement embusqués aux alentours. Ils évitèrent son regard. Seul le Puant osait affronter les yeux clairs du jaguar.

— On prend pas de riches chez les pauvres ! râla Liémi, catégorique.

Jamoon se tourna vers son chef.

— Il m'a sauvé la vie… Plusieurs fois en quelques heures.

Liémi ronchonna. Il se tourna pour piétiner quelques feuilles mortes tachant l'allée du parc. Il savait bien que Jamoon et sa bande de Haillons étaient redevables envers Jagnoir.

— Si tu ne le fais pas pour mon ami Taïg, fais-le pour moi. En souvenir de ce qu'on a vécu ces dernières heures. Je sais qu'on ne se connaît pas vraiment mais… On sera quittes.

Enfin en quelque sorte. J'oublierai que t'as essayé de me tuer…

Jamoon aquiesça d'un sourire timide. Il lança un regard vers le lièvre. Ce dernier fit un bref oui de la tête. L'écureuil tenta de cacher sa joie lorsqu'il se retourna vers Jagnoir. Il regarda Clania, puis lança sa main devant lui.

— Marché conclu. On la garde avec nous. Le temps que vous reveniez en ville ou que…

— Je déciderai quand je partirai… lança Clania d'un ton ferme, imposant sa seule et unique condition.

La belle lionne approcha ses mains de Taïg.

— Promets-moi que tu vas régler tout ça.

— J'vais voir c'que je peux faire, chuchota Taïg avant de l'embrasser.

— Et puis donne-moi ça. Au moins ça sera planqué avec moi… Toi ça va te ralentir.

Clania prit la mallette grise des mains de Taïg. Tout à coup des passants se mirent à courir en direction de la sortie du parc. Un vent de panique souffla pour les Jamureta. Jagnoir sortit de nouveau son arme.

— Les rats… Putain ils passent le quartier au peigne fin pour nous.

— Comment ça, “les rats” ? Les militaires ?! demanda Taïg.

— Longue histoire… Disons qu'on a l'équivalent de l'armée

royale au cul sauf que… ils bossent pour des enfoirés qui veulent nous descendre !!
Liémi se dirigea vers le buisson par lequel il était entré. Les promeneurs quittaient le parc de Fidéi, habituellement si calme. La tempête qui s'éveillait ici terrorisait les gens. Déjà les pas des rats résonnaient derrière la statue. Le lièvre siffla en direction de Jamoon. L'écureuil tira Clania par le bras. Elle manqua de tomber avant de courir avec le Haillon.
— Taïg, on doit se mêler aux passants si on veut avoir une chance de leur filer entre les pattes.
Mais le jeune tigre regardait sa bien-aimée s'éloigner hors de l'allée centrale marbrée.
— TAÏG !! FAUT Y ALLER ! MAINTENANT !
Jagnoir se mit à courir pendant qu'il hurlait. Taïg eut du mal à détacher son regard de Clania. Elle lui adressa un sourire avant de disparaître sous le sol touffu et fleuri du parc. Jamoon maintenait ouverte une trappe cachée sous d'épais buissons. Il leva le pouce pour dire que tout irait bien. Puis il sauta dans le passage secret.
Le tigre se mit à courir plus vite, retenant des sanglots. Comme s'il n'avait pas assez couru… Toujours habillé comme un humal d'affaires ordinaire, il rattrapa les quelques passants avec Jagnoir. Le jaguar avait déjà rangé

son arme, il marchait calmement derrière une petite famille ours pressée de regagner les portes du parc.
— T'en fais pas vieux, rassura Jagnoir. Ça va bien se passer, elle est en sécurité.
— Être obligés de se planquer, ça signifie qu'on est tout sauf en sécurité…
Taïg oubliait son optimisme à mesure qu'il avançait vers la sortie. Peu de rats croisèrent leur route. Visiblement trop occupés à fouiller les moindres recoins du parc en effectifs réduits, ils ne remarquèrent pas les Jamureta dépasser le grand portail.
Taïg et Jagnoir mirent à peine quelques minutes pour rejoindre la voloiture mal garée dans la rue sale, foisonnant d'ordures. En s'installant dans le véhicule, le tigre prit lentement conscience qu'il ne la reverrait peut-être jamais.

Chapitre 10

Quelque chose en tête

— Muj', réveille-toi. On y est !
Redshot secouait son ami au pelage rouge pour le sortir d'une sieste réparatrice. Le chat eut du mal à saisir tout de suite.
— Quoi ? C'est quoi ?
— On arrive à Allegron dans quelques minutes, expliqua le dauphin.
— Attends… Deux minutes encore…
Mujura marmonnait des bribes de phrases à peine audibles. Redshot recula dans l'allée au centre du wagon. L'aérotrain terminerait sa longue balade au-dessus des flots dans peu

de temps. Il vit la mer se briser sur la falaise de leur ville terminus. Le trajet étonnamment calme selon Redshot s'était bien déroulé.

Ça peut prendre une autre tournure si les types qui nous suivent attaquent dans la gare… à moins qu'ils nous suivent pas… qu'une fois encore… je psychote pour rien… Mais Muj' les a bien vus aussi…

Sûr de lui quand sa puissante paranoïa prenait le dessus, le dauphin bleu jetait des regards dans tous les recoins possibles. Le compartiment peu encombré par les voyageurs ne laissait paraître aucune menace. À l'extérieur, la gigantesque gare d'Allegron en forme de dôme avançait vers eux lentement. Les wagons suspendus ballottaient sous l'effet du ralentissement. Un bruit strident indiqua la baisse de régime des réacteurs ainsi que l'activation de régulateurs de vitesse. Bien décidé à réveiller son ami, Redshot tenta quelque chose.
En levant légèrement la tête vers le filet de bagages, il aperçut le sabre de Mujura. La fameuse relique si chère aux yeux du chat. Allez savoir pourquoi. Redshot n'ignorait pas que les seuls propriétaires de ce sabre avaient été les ancêtres de Mujura. D'après ce qu'on lui avait dit, ce serait la

première fois qu'on l'emmenait à l'extérieur de Tachonis, le village où elle avait été fabriquée. Une valeur sentimentale assez impressionnante accompagnait l'arme blanche. Un sourire narquois au coin du bec, Redshot saisit l'objet sans hésiter. Son poids étonnamment léger le surprit.

À peine eut-il le temps de le sentir entre ses mains que Mujura bondit de son siège. Dans une série de mouvements éclair, il écarta les deux bras du dauphin avant de le pousser en arrière avec un coup de pied parfaitement dosé pour ne pas faire mal. Redshot lâcha le sabre et toussota en manquant de tomber. Mujura tenait fermement son sabre, pleinement réveillé. Le dauphin sourit en se tenant le ventre.

— Tu y tiens, pas vrai ?

— Je pensais pas que c'était si drôle, s'agaça le chat rouge.

— T'as toujours eu un train de retard côté blague mon p'tit Muj'.

— Ça ne me fait pas rire ! Ce sabre, c'est plus qu'une simple lame. Pouvoir désormais le porter est un honneur que je ne veux pas salir. S'il te plaît ne t'avise plus de le toucher sans m'en parler avant.

Mujura posait toujours ses mots calmement, sans jamais se laisser submerger par une éventuelle colère. Cette fois-ci, Redshot sentit son ami réellement en rogne.

— La prochaine fois tu dormiras moins, plaisanta-t-il.
Les deux amis n'échangèrent plus aucune parole pendant quelques minutes. Minutes durant lesquelles Redshot se demanda ce qui les attendrait dès leur arrivée dans la gare d'Allegron.

Quoi que ce sabre représente… Pourvu qu'il nous serve en cas de besoin…

***

— *Que… On dirait que j'ai deux corps… J'ai… l'impression d'être à deux endroits en même temps !*
Le colonel King entendit alors Namal penser avec lui.
— *Normal… Tes pensées sont une partie de toi, différentes de ton âme et dans ce cas précis, indépendantes de ton corps…*
Ils communiquaient sans émettre aucun son. Des idées leur parvenaient, des notions et des concepts s'échangeaient. Le lion flottait-il vraiment au-dessus de son corps ? Ou bien n'était-ce qu'une sensation d'incroyable légèreté ? King eut alors en mémoire l'unique fois où il avait expérimenté la télépathie foudroyante.
Prendre le contrôle de ses idées, n'être plus que des particules libres de se déplacer à la vitesse de la pensée. Le colo-

nel avait pleinement conscience qu'à ce moment précis de l'expérience, il ne possédait plus de corps ni même de visage à proprement parler. Il vibrait au rythme des pensées du monde et des âmes qui les émettaient. Il ne percevait plus que des amas d'énergies plus ou moins puissantes : les auras. Namal revint penser en lui.

— *Il faut qu'on les trouve et tout de suite. On va nous repérer d'ici moins d'une ou deux minutes. Ils n'hésiteront pas à nous intercepter.*

— *On va les trouver... Ils sont spéciaux... Cherche de la lumière,* pensa King.

Le lama fit aussitôt planer son aura bleutée en contrebas de son immeuble dans une foule de particules vertes, jaunâtres et rouges : les auras les plus communes. Certaines étaient noires, disséminées par endroits, plus rares. Les humaux brillaient désormais avec leur intérieur. Liono pensa pour avancer. Il se déplaça aussi vite qu'un flash lumineux. En un clin d'œil il sonda des dizaines de rues. Allegron défilait dans des couleurs inhabituelles à la manière d'une toile abstraite en perpétuel mouvement. Les vues de l'esprit lui montraient même les auras des végétaux et des bêtes.

Il se noya dans une foule d'âmes vibrantes. Il entendait clairement les gens penser sans aucune retenue. Un flot de notions tantôt horribles tantôt respectables traversèrent son être. Tant de données pour une âme si peu habituée le saturèrent. Namal vint dominer la situation en pensant droit dans les particules de King.

— *Cherche bien. Ne te laisse pas étourdir par le reste du monde. Trouve-les. Remémore-toi ce qu'ils t'inspirent. Visualise les Jamureta, ils t'apparaîtront tout naturellement.*

Namal passa et repassa sur le colonel pour être sûr de son attention. Un esprit mal entraîné est si rapidement submergé par ce qui l'entoure.

— *Et ma fille ! Clania ! Je peux la voir aussi ?*

— *Tu peux voir tout le monde à condition de savoir comment regarder. Mais je t'en supplie Liono ! Ne perds pas de temps ! Va à l'essentiel… Trouve-les eux !*

Liono prit de la hauteur. Ses particules tourbillonnèrent en l'air, traversant les voloitures, les bâtiments et les boîtes crâniennes des Allegrois présents sur sa route invisible. Namal laissa vagabonder lui aussi sa pensée partout en ville. Il déambulait çà et là pour trouver les Jamureta. Où pouvaient-ils bien être ? Étaient-ils encore en vie ? Seuls ? Séparés ? Réellement à Allegron ? Autant dire que cette télépathie ressemblait à une partie de poker. Miser fort sans vraiment savoir ce que peut contenir le jeu de l'adversaire. Les deux amis passèrent de longues secondes à percevoir des milliers d'âmes communes sans qu'aucune ne corresponde à leurs cibles. Le temps paraissait différent dans cette partie cachée du monde. Se déplacer à la vitesse des pensées offrait une liberté si puissante que tout pouvait être vu et traversé en un éclair. Cependant, le problème demeurait le même. Impossible de trouver les quatre jeunes ag…

— *CLANIA !!*

À sa grande surprise, le colonel vit l'âme de sa fille descendre sous les habitants d'Allegron. Elle semblait entourée d'autres âmes. Le lion découvrit sa position grâce à sa forte concentration. Il avait beau désirer trouver les Jamureta, son souhait le plus cher était de savoir si sa fille bien-aimée allait bien.

La réponse était là, le monde pouvait s'écrouler désormais. Pourquoi se trouvait-elle sous la surface du sol ? Probablement à l'abri quelque part. Le colonel perçut autre chose au milieu des particules de sa fille. D'après sa vue d'esprit, quelque chose de doré scintillait avec elle. Il n'eut pas le temps d'en savoir plus.

— *J'ai localisé deux âmes de lumière dans un aérotrain ! À ton avis ça peut être au moins l'un deux ?*

King repensa au briefing que l'équipe au complet aurait dû avoir aujourd'hui à Allegron. Redshot et Mujura étaient les deux membres aux habitations les plus éloignées de la ville. C'était sans doute eux dans le train.

— *Namal je crois que t'as vu juste ! À la gare tu as dit ? Ça me donne une idée !*
Le colonel se remit à chercher en surface, rassuré pour sa fille. Il aperçut des nuages de particules dorées s'élevant dans les airs au-dessus des autres. Probablement dans un véhicule, il reconnut les deux Jamureta vivant à Allegron. Il entendit alors les pensées terrorisées de Namal qui revint vers lui. Les deux esprits dorés s'éloignaient déjà.
— *Ça fait plus d'une minute qu'on tourne Liono ! Ils vont nous repérer !! JE PEUX PAS RESTER !*
Le colonel savait que son ami lama risquait beaucoup en le laissant tenter cette télépathie foudroyante. Mais il ne pouvait plus faire marche arrière. Plus maintenant. Si près du but !
— *Désolé mon ami, je dois rester encore un peu !*
— *Alors termine tout seul ! Concentre-toi bien, n'essaie pas de parler. Pense en eux, saisis l'essentiel ! Surtout n'oublie pas de rentrer en contact avec les quatre avant de...*
Le lama fut interrompu mystérieusement. Bien que pacifique par rapport à d'autres, il demeurait cependant un alchimiste d'exception sous surveillance mystique depuis plusieurs années. Cette menace omniprésente le terrifiait trop pour risquer de se faire repérer par les mages experts du roi. Son aura s'éteignit sans prévenir.

Le bouclier puissant qui filtrait le flot de pensées arrivant sur le colonel cessa de fonctionner. Un bourdonnement incroyable vint tout à coup vibrer dans l'esprit de Liono King. Il aurait grimacé s'il avait eu un visage à cet instant. Le colonel ne se découragea pas pour autant, déterminé à réussir sa mission. Il fonça en hauteur vers ce qu'il présumait être Taïg et Jagnoir puis heurta les deux esprits. Sans aucune retenue, il les traversa pour les connecter à lui. Le message ne pouvait pas passer autrement qu'en reliant toutes les âmes concernées : le principe fondamental de la télépathie foudroyante. Ne pas faire dans la dentelle, utiliser ce réseau de particules invisibles le plus rapidement possible.

Il sut en passant dans leurs pensées que c'était bien eux. Il sentit à quel point Jagnoir avait peur mais restait étrangement calme et concentré dans son amas de particules parfois argentées. Un cas tout à fait particulier. Ce qu'il ressentit dans l'esprit de Taïg en revanche le surprit au plus haut point. Liono King se rendit compte qu'un de ses protégés pensait à sa fille… Il reconnut de l'amour dans les sentiments du jeune tigre !

Pourquoi ne me l'ont-ils pas dit ?

Se souvenant de l'urgence de la situation, il abandonna l'idée de creuser plus profondément cette piste afin de se diriger à toute vitesse vers l'aérogare. Y avait-il vraiment les deux autres là-bas ? Le colonel King tourbillonna en direction d'un grand dôme clair foisonnant de particules humales. Il tentait de rester concentré sur Taïg et Jagnoir en même temps pour ne pas perdre la connexion à leurs âmes. Il les vit !
Deux amas d'énergies couleur or se déplaçaient au même rythme que d'autres plus communes à leur côté. Sans doute se trouvaient-ils encore à bord d'un aérotrain. Il les transperça à leur tour de part en part dans une giclée abstraite d'atomes.
Les quatre âmes d'or furent connectées après une course folle au-delà du réel. Sans comprendre ce qui se passait en eux, les Jamureta furent pris d'une violente migraine avant d'entendre le colonel King communiquer au plus profond de leur conscience.

***

Mujura trébucha alors qu'il se dirigeait hors de l'aérotrain. Une sensation de maux de tête embruma son esprit en quelques instants. Il perdit l'équilibre et dut se raccrocher

au siège le plus proche. Un léger sifflement parasita son audition et tous ses repères. Il fit tomber son sabre et son sac de voyage.
Redshot qui suivait le même chemin ressentit une chose similaire. La migraine qui les frappait se changea en douleur. Sans savoir qu'ils souffraient du même mal, les deux Jamureta perdirent tout sens de l'orientation. Ils furent obligés de s'agenouiller tant la douleur les paralysait. Les autres passagers regardèrent bêtement la scène sans rien faire.
L'aérotrain désormais en gare avançait toujours lentement jusqu'à stopper complètement sa course. Le voyage se terminait. Les passagers peu nombreux sortirent du wagon en prenant soin de ne pas tomber lorsqu'ils franchirent le passage entre le wagon suspendu et la gare. Une foule d'humaux en tout genre allaient et venaient sur le quai. Certains s'impatientaient déjà de ne pas voir les deux derniers occupants du train descendre afin de les laisser monter. Un grand sentiment d'impuissance gagna l'esprit de Mujura.

Bon sang !! Mais qu'est-ce qui se passe ?!

Pendant que le dernier passager sortait du train, Mujura tenta de se relever, sans succès. Il chuta. La tête reposée contre un siège, il semblait sonné par ce bourdonnement sans fin. Une véritable paralysie mentale et physique les accablait sans raison apparente.

— *Vous m'entendez ?*

Redshot aurait juré reconnaître la voix si familière du colonel King. Mujura entendit la même chose sans savoir que le lion pensait dans les deux esprits à la fois. Où était-il ? Le chat rouge se demanda si les maux de tête ne le faisaient pas délirer.

— *Tu ne délires pas Mujura. C'est bien moi, le colonel. Tu m'entends ? Les autres aussi m'entendent. Vous m'entendez tous les quatre mes enfants. Je pense en vous grâce à un vieil ami. Vous êtes les victimes d'une télépathie foudroyante. Pardon pour la douleur… mais j'ai pas d'autre choix…*

Mujura décida d'accepter la douleur. Il tourna la tête vers son ami dauphin, ils se regardèrent. Redshot désigna sa tête puis celle de Mujura du doigt. Le chat acquiesça. Tous deux entendaient bien la même chose. Le chat rouge respira plus calmement et tenta de ralentir son rythme cardiaque.

Il se concentra peu à peu sur la voix du colonel. Redshot vit son ami fermer les yeux, il fixa quant à lui un point invisible au sol. Comme lorsqu'il isolait son esprit avant de tirer au sniper, il ne prêta plus attention qu'à une seule chose : la voix du lion invisible. Ils écoutèrent, silencieux.

— *Les masques sont tombés… Nous connaissons désormais notre nouvel ennemi. Le Conseil nous a trahis. Vos supérieurs… Mes supérieurs nous manipulent. Les gens pour qui nous travaillons essaient de vous reprendre quelque chose que vous n'avez pas en votre possession.*
Un léger blanc suivit cette pensée… comme une hésitation à continuer.
— *C'est de ma faute si vous êtes en danger les enfants. Ils ont sans doute déjà essayé de vous tuer.*
Redshot ressentit de la fierté un court instant. Juste assez pour être rassuré à propos de sa paranoïa trop souvent montrée du doigt. Ils étaient bien suivis lui et Mujura depuis la gare de Ptemete. Quelque chose clochait… Pire que ça !
Leurs supérieurs étaient la source de leurs problèmes. Le Conseil… Aussi fou et déroutant que cela puisse paraître. Comment une organisation aussi puissante et en qui ils avaient confiance avait-elle pu devenir l'ennemi ? Était-ce le cas depuis longtemps ?
— *Vous allez devoir agir maintenant ! Faire vite ! Fuir hors d'Allegron pour survivre et les empêcher de vous neutraliser. Votre prochaine destination pour mettre fin à tout ça sera Égiénor ! L'aérogare serait le lieu idéal pour vous réunir. Désormais votre seul et unique objectif, c'est de trouver Nyemok.*

C'est lui qui vous aidera quand vous serez là-bas ! Je n'ai pas le temps de tout expliquer mais pour trouver les...

Des éclairs de douleur vinrent frapper les cerveaux habités par le colonel. Tout s'arrêta. Plus de pensées extérieures, les repères s'installèrent à nouveau. La télépathie venait de cesser brutalement. Redshot cligna des yeux avant de reprendre conscience. Agenouillé sur le sol du wagon près de la sortie, il sentit des bras l'aider à se relever. Des passagers lui demandèrent s'il allait bien, il acquiesça tout en cherchant Mujura du regard.

Le dauphin sentit du sang couler le long de ses oreilles et de l'évent situé sur le haut de son crâne. Il vit son ami se relever lui aussi. Du sang coulait également de son museau et deses oreilles pointues. Bien que très courte, la télépathie foudroyante avait été très intense pour les organismes receveurs.

— Le Conseil est contre nous ? Mais pourquoi ? s'interrogea Mujura en ramassant son sabre.

— Aucune idée... mais le colonel ne nous mentirait pas. En dehors des Jamureta, il est le seul digne de confiance.

Redshot jetait des regards inquiets partout à l'extérieur du train.

— Tu as compris comme moi ? Il a dit que c'était de sa faute... On est censés avoir quelque chose que le colonel recherche.

— Faut qu'on chope le prochain aérotrain, ordonna Mujura.
— J'te rappelle qu'on a deux gus à nos trousses. Le colonel a dit que le Conseil tenterait de nous tuer… Comme ça c'est clair, ils sont là pour nous.
— Très bien… et t'as un plan génial pour qu'on s'en débarrasse ? On est dans un lieu blindé de monde. Ça grouille de civils. On va blesser quelqu'un si on fait pas attention.
Mujura raisonnait de façon terre à terre. Il fallait qu'il prouve à son ami que la pire des idées serait un face-à-face en public. C'était sans compter sur la volonté de fer de Redshot.
— Qui te dit qu'on va tirer des coups de feu ?
Le dauphin se dirigea vers la sortie du wagon en tenant son sac sur une épaule. Il avança sur le quai, bousculé par des passants pressés.
— Red' ? appela Mujura.
Il fit signe à Redshot de s'essuyer sous les oreilles.
— T'as du sang qui a coulé.
— Toi aussi…
Les deux agents avancèrent le plus naturellement possible sur la voie en remontant le long des wagons suspendus de l'aérotrain jusqu'à entrer dans un couloir étroit. Déjà une équipe d'humaux aux couleurs de la gare s'affairaient derrière eux sous certains wagons pour les vérifications de sécurité.

Par moments, une voix résonnait dans les couloirs pour annoncer qu'un aérotrain aurait du retard ou qu'un autre arriverait à l'horaire prévu. Un escalator terminait ce chemin de transit et emmenait les voyageurs jusqu'au hall principal.

— Ils veulent nous tuer… comme ça… Juste parce qu'on gêne.

Mujura repensait aux avertissements du colonel King. Debout, immobile à côté de son ami, se laissant guider vers le haut par l'escalier mécanique quelque peu rouillé.

— Juste comme ça. De vulgaires pions !

— Au fond on ne les connaît pas. Personne ne les a jamais vus ni entendus à part King. On ne sait pas ce qu'ils pensent de nous. J'veux dire… Ils nous considèrent peut-être toujours comme leurs meilleurs agents… mais on est probablement devenus une menace à éliminer à cause de… quelque chose qu'on ignore encore. Comme si le colonel les gênait.

Redshot avançait sur un sol désormais fixe. L'escalator les déposa dans un immense hall au plafond en demi-sphère très haut. Zébré de poutres et autres supports métalliques, l'impressionnante toiture laissait pendre des néons plats ainsi que diverses horloges et tableaux d'horaires de trains. Redshot et Mujura marchaient désormais sous le dôme le plus populaire d'Allegron.

Des couloirs indiquaient les voies à emprunter ; des familles, des humaux d'affaires et des voyageurs en tout genre allaient et venaient dans cette immense plateforme. Énormément d'espèces étaient représentées ici ; on trouvait même certains hybrides mis à l'écart sur des bancs en retrait : des humaux croisés avec d'autres.

À la fois technologique et esthétique grâce à l'aspect moderne de la décoration intérieure, l'aérogare brillait par sa parfaite immersion dans ce décor urbain parfois alourdi de bâtiments vieux de plusieurs siècles. Depuis l'extérieur, une demi-sphère gigantesque épousait le rebord de la falaise, délimitant par la même occasion les frontières terrestres de la capitale du sud du Royaume.

Redshot et Mujura marchèrent en direction d'un guichet. Leurs bagages, même peu remplis, les encombraient plus que tout dans ce contexte de menace perpétuelle. Mais comment se permettre de les laisser là dans un coin ?

Soit ils abandonnaient leurs affaires n'importe où, en risquant de laisser des éléments personnels avec leurs odeurs et autres phéromones incrustées dans les vêtements (véritable festin pour les traceurs dressés par les policiers), soit ils les trimbalaient avec eux, prenant le risque de perdre en agilité et en rapidité. Choisir entre la peste et le choléra : difficile de se décider.

Les deux compagnons s'accoudèrent au rebord d'un guichet en verre. Disposé au centre du dôme, un cercle de guichets transparents traitait les achats, plaintes et autres demandes du citoyen lambda. Une hôtesse au séduisant sourire canin les attendait patiemment. Mujura parla le premier.

— Excusez-moi, le prochain aérotrain pour Égiénor s'il vous plaît.

— Oui, une petite seconde.

La jeune canidée tapota sur une surface blanche lumineuse devant elle. Son plan de travail afficha instantanément une série de tableaux complexes. Elle fit défiler plusieurs pages sur son écran.

— Le prochain part dans une vingtaine de minutes environ. Deux places c'est ça ?

Mujura allait répondre avec son sourire le moins angoissé possible mais il fut stoppé par son ami. Redshot lui saisit l'épaule.

— T'allais quand même pas dire oui ?! marmonna-t-il toujours en jetant des regards autour de lui. Si on est vraiment recherchés on doit apparaître nulle part et encore moins sur un putain de trajet ! Vingt minutes avant le départ en plus !

— Ça va mettre la puce à l'oreille si on nous cherche en effet…

Mujura s'adressa de nouveau à l'hôtesse.
— Je crois que ça ira mademoiselle. Merci.
Les deux Jamureta quittèrent la queue du guichet sans prêter attention au gentil « au revoir » de la jeune femelle.
— Le colonel a bien dit que sa télépathie était connectée à tout le groupe ? C'est ça ? s'assura Redshot.
— Oui, il pensait dans nos quatre esprits.
— Alors ça veut dire que Taïg et Jagnoir vont forcément venir ici à la demande du colonel pour aller vers Égiénor… réfléchit le dauphin à voix haute. Donc… le plan va être super simple. On les attend ici et on chope ce foutu train tous les quatre.
— Et s'ils arrivent pas à temps… ?
— Il faut qu'ils soient là coûte que coûte… On va avoir besoin de tout le monde pour mettre fin à ce bordel.
Sans attirer l'attention, le dauphin et le chat se mêlèrent à la foule pressée et bruyante de la gare. Un aérotrain démarra en direction de l'ouest. Il fit un bruit qui résonna dans tout le dôme, empêchant quiconque de continuer une conversation normale. Plus loin, à côté des cabines à distribuer les journaux, le faucon à plumes noires et le rat beige traquaient leurs cibles patiemment…

Chapitre 11

Allée C - Voie 4

Après une dizaine de minutes en voloiture, Taïg et Jagnoir aperçurent enfin le dôme parfaitement lisse de l'aérogare. Le vol fut pour le moins agité à cause du nombre ahurissant de véhicules dans les hauteurs de la ville. Jagnoir faillit avoir un accident lorsque le colonel King pensa dans son esprit.

Taïg essuyait encore du sang séché échappé de son museau. Il jetait également par moments des coups d'œil derrière eux. Il aurait juré que des soldats les filaient depuis la sortie du parc de Fidéi. En cherchant mieux du regard, il aurait aimé voir Clania lui sourire pour s'assurer que tout allait bien de son côté…

Mais rien n'ira mieux avant un bon bout de temps !

Les pièces du macabre puzzle s'étalaient désormais clairement dans sa tête zébrée de rayures. L'ennemi avait un visage… et quel visage ! Celui de l'organisation responsable d'opérations secrètes parfois commanditées par le roi lui-même : le Conseil.
En effet les membres de ce groupuscule très puissant dans le royaume cultivaient leur anonymat. Personne ne connaissait l'identité des membres du Conseil, et personne parmi les citoyens normaux ne connaissait l'existence d'une telle organisation bienfaitrice… En apparence évidemment. Même le colonel et les Jamureta pensaient que ces humaux œuvraient pour le bien… Hélas, ils semblaient prendre un chemin différent. Taïg avait du mal à digérer ce que le colonel venait de leur révéler.
— Les enfoirés, râla-t-il.
— C'est bon, concentre-toi sur la suite, ordonna Jagnoir en slalomant entre deux voloitures trop lentes à son goût. On va pas en discuter deux heures non plus. On s'est fait avoir et le colonel l'a su… heureusement pour nous tous !

— Oui, on lui doit une fière chandelle, avoua le tigre.
— Par contre tu m'ôteras pas un détail de l'esprit. Je ne sais pas ce que le Conseil pense qu'on leur a piqué… mais ça doit être un sacré truc… Tu te rends compte ? Merde on était soi-disant leurs meilleurs agents !
— Ils ont fait leur choix… à la minute où ils nous ont voulus morts, grogna le tigre.
— Apparemment, c'est Nyemok qui en sait plus. Ça m'étonne quand même qu'on soit obligés d'aller là-bas ! Égiénor, on avait bien besoin de ça tiens… Aller se les geler là-haut, c'est le dernier truc qui…
Un choc incroyable l'empêcha de terminer sa phrase. La voloiture fut projetée sur le côté. Elle se mit à tournoyer dans les airs pendant quelques secondes. Jagnoir heurta les vitres du seizième étage d'un immeuble malchanceux. Le jaguar reprit ensuite le contrôle de son véhicule sous les regards terrifiés des humaux qui travaillaient paisiblement jusque-là.
Paniqué, il vérifia derrière lui. Le coffre éventré laissait tomber des outils usagés et d'autres ustensiles de bricolage. Quelques mètres au-dessus des Jamureta, une voloiture à l'avant blindé manœuvrait dans leur direction. Les rats venaient de retrouver leur trace.
— Putain mais ils me lâchent pas !! vociféra Jagnoir.

— Personne me pourchassait jusqu'ici moi ! Enfin pas vraiment…
— On a plus le choix, faut se faire les derniers kilomètres en oubliant la discrétion.
Jagnoir illustra ses dires avec une accélération qui cloua Taïg au fond de son siège. Il effleura les toits des voloitures serrées dans d'interminables files d'attente.
— Si on pouvait rester en vie, ce serait cool… bégaya Taïg en se cramponnant à la portière passager.
Tout à coup, des tirs de blasters vinrent brûler les côtés de la voiture. Le véhicule volant vacilla légèrement, sans pour autant ralentir. Pour Taïg, c'en était trop ! Excédé par la situation, il brisa la vitre de sa portière d'un violent coup de coude sous l'œil d'un Jagnoir hébété.
Il s'assit sur le rebord de la vitre, saisit d'une main la ceinture de sécurité et la tira vers lui. Elle se bloqua. Taïg bascula le haut de son corps en arrière. Le dos dans le vide, il dégaina son arme et arrosa de quelques plombs ses poursuivants. Les balles sifflèrent jusque dans les phares et le parebrise avant. Une fine pluie d'éclats de verre vola sur les voitures au-dessous d'eux. Les tirs de Taïg permirent à Jagnoir de gagner un peu de distance sur les rats.

On va pouvoir respirer un peu…

Malheureusement pour les jeunes agents, une surprise les attendait à l'angle du bâtiment suivant. Là, de ses couleurs typiques, une patrouille du département sécurité de la ville croisa leur chemin. Trois motoplanes volaient tranquillement en position de routine au moment où Taïg et Jagnoir manquèrent de les accrocher à toute allure.
Les policiers firent aussitôt hurler leurs sirènes et changèrent leur trajet pour se joindre à la poursuite. Sans doute avaient-ils entendu les quelques détonations clamées par l'arme de Taïg. Les rats piquèrent du nez avec leur véhicule pour se perdre plus bas dans une mer de voloitures entrecroisées. Le tigre les vit disparaître…

Quelle poisse !

— Manquait plus qu'eux ! s'énerva Jagnoir en frappant son volant de hargne.
Bientôt, des gyrophares orange et bleu accompagnèrent les sirènes stridentes des motos volantes. Taïg rentra dans la voloiture.
— Bon j'fais quoi moi ?! paniqua le jaguar. On se barre ? Ça va pas leur plaire… On résiste ? Ça va pas leur plaire non plus.
— Je vais leur tirer dessus ! proposa Taïg, le regard fixé sur

le dôme blanc de l'aérogare.
— Tu vas quand même pas tirer sur les flics ?! fit Jagnoir en riant nerveusement.
— Je vais pas tuer, je te rassure. L'idée m'emballe pas non plus mais c'est notre meilleure option pour gagner du temps et les ralentir. Faut atteindre le dôme !
— Halte ! Stoppez immédiatement votre véhicule !
Une voix froide et mécaniquement inébranlable résonna derrière eux.
— Ceci sera notre unique avertissement. Veuillez ralentir et positionner votre véhicule en vol stationnaire. Nous ne réitérerons pas notre demande.
Partout autour des Jamureta, les humaux sortaient leurs têtes de leurs voloitures. Certains accrochèrent même d'autres voitures par inadvertance.
Cachés derrière leurs casques et leurs lunettes, les membres de la brigade de police restaient impassibles, prêts à ouvrir le feu comme venait de le promettre la voix du plus haut gradé. L'échange de coups de feu récents avec les rats ne leur inspirait guère de pitié. Déjà les blasters latéraux des motoplanes scintillaient d'énergie.
Comment les deux Jamureta auraient-ils pu obéir aux autorités à cet instant ? Si seulement ils avaient trouvé une autre solution… Les trois motos volantes s'alignèrent

d'abord dans des mouvements lents avant de s'immobiliser pour de bon.

Ils restent en retrait ?!

Taïg fut stupéfait de voir les véhicules arrêter leur poursuite. Sa surprise laissa place à la terreur lorsqu'il remarqua les six blasters des officiers briller de plus en plus intensément dans leur direction.
— Jag !! Ils vont tirer ces enfoirés ! ILS VONT TIRER ! hurla Taïg.
— Sans blague !! Ils font que leur boulot !
— Là, je préférerais qu'ils soient moins pro !
Taïg regardait devant lui nerveusement. Il voyait si clairement l'aérogare… Si près du but… Soudain, l'idée la plus folle qui soit lui traversa l'esprit.
— Passe sous la voiture ! dit Taïg d'une voix sûre.
— QUOI ?!
— GROUILLE ! Programme la caisse en vol régulier, on descend, Jag !
Peu convaincu mais sans meilleure idée, Jagnoir décrocha sa ceinture de sécurité et enclencha le pilote automatique à une vitesse folle. Le volant se bloqua, leur vitesse se stabilisa. La voloiture fonçait maintenant toute seule. Le tigre vit

son ami ouvrir la portière pour se jeter hors du véhicule en prenant soin de saisir le plus rapidement possible une pièce fixée sous la voiture. Il disparut dans le vide.
Taïg hésita un moment, jeta un œil une fois de plus sur les officiers de sécurité et se décida enfin à imiter son ami. Il rangea son arme et saisit le bord de la voiture une fois sa portière ouverte. Il dut forcer pour que la vitesse ne la referme pas sur lui.

Tu parles d'une idée à la con…

Bloquant son souffle, il se jeta finalement dans le vide et bascula maladroitement, toujours à cause de cette maudite vitesse. Il retrouva Jagnoir sous la voloiture, suspendu au-dessus de la ville. Tous deux planaient vers l'horizon de manière à passer juste au niveau du dôme tant convoité. Ils devaient tenir le coup, encore un peu… Les Jamureta furent soudain secoués par un grand choc. La violence des salves énergétiques de la police venait de les atteindre.
Dans un tourbillon d'éclairs, Taïg et Jagnoir manquèrent de lâcher prise. La voloiture perdit de l'altitude avant de remonter sous l'effet du pilote automatique. Le coffre et tout l'arrière du véhicule jusqu'aux banquettes furent éventrés dans une explosion de ferraille. Jagnoir sentit sa

nuque le brûler pendant l'attaque. Dans une série d'acrobaties, les deux amis virent leurs jambes danser au-dessus des lignes de voloitures gentiment ordonnées… et tout à coup au-dessus de l'aérogare ! Le dôme ! Enfin !

— Jag !! Regarde ! C'est bon, on y est ! se réjouit le jaguar.

— Putain ! On va trop vite et la caisse est trop démolie pour qu'on puisse la poser !

— Tu vas adorer la suite…

— Et voilà… Je savais que c'était une idée à la con ta séance de trapèze ! grommela Jagnoir.

À peine eut-il terminé sa phrase que Taïg desserra l'étreinte de ses mains pour faire une chute de cinq bons mètres. Jagnoir suivit son ami sans aucune hésitation et laissa la voloiture fumante dériver de sa course devant eux. Plus le véhicule avançait, plus sa trajectoire devenait oblique : elle se rapprochait dangereusement du dôme.

Pendant sa chute, Taïg entendit une nouvelle salve énergétique frapper la voiture. La carcasse en flammes plana encore quelques dizaines de mètres pendant que Jagnoir et Taïg tentaient en vain de réussir leur réception avec une roulade. Ils tombèrent lourdement sur le toit blanc du dôme de l'aérogare internationale d'Allegron, sous les regards hébétés des autorités. Côtes abîmées, ecchymoses multiples sous leur pelage, les deux Jamureta se relevèrent sans ciller, à peine conscients des douleurs qu'ils devaient supporter.

Leur chute avait été plutôt bien calculée : en effet, ils se trouvaient sur la partie la plus haute du dôme, empêchant ainsi leur réception de se transformer en glissade sur les bords ronds de la structure.

— Et on entre comment maintenant ? articula Jagnoir difficilement.

Il avait du mal à reprendre son souffle tant ses côtes le lançaient.

Taïg ne répondit rien. Il tendit uniquement le bras en guise de réponse. Grimaçant de douleur, il indiqua la voloiture en flammes qui tombait de façon évidente sur le dôme. Il tenta tout de même de décrire le fond de sa pensée :

— Cette structure est connue pour être très résistante… mais pas infaillible. La voiture, c'est notre ticket d'entrée.

— Juste ce que je craignais… dans la dentelle, marmonna Jagnoir les yeux fermés.

Les agents du département de sécurité se rapprochaient. Taïg et Jagnoir reprirent leur course, cette fois-ci à pied, en suivant la fumée noire devant eux. Quelques dizaines de mètres plus loin, la voloiture éventra le toit de la gare d'Allegron, tel un missile atteignant sa cible.

***

Le faucon aux plumes noires ne lâchait pas ses cibles du regard. Ses yeux perçants fixaient Mujura et Redshot sans difficulté au milieu de la foule de voyageurs grâce à une acuité incroyable. Assis sur un banc aux formes abruptes, il attendait patiemment les instructions de son collègue. Positionné juste à côté de lui, le rat au poil beige bidouillait l'intérieur d'un gobelet en plastique.

L'aspect extérieur ressemblait en tout point à une boisson de fast-food, l'intérieur en revanche abritait un tout autre contenu. Il referma le gobelet avec un couvercle orné d'une paille avant de se tourner vers le faucon. Assez discret dans toute cette faune civile, le rat sourit à son collègue à plumes. Visiblement, leur plan se déroulait à merveille. Soudain, sans prévenir, une explosion retentit au-dessus d'eux.

***

Mujura leva la tête. Le toit de l'aérogare laissa tomber des centaines de débris métalliques. Les morceaux pleuvaient sur les pauvres innocents présents au mauvais endroit, au mauvais moment. Certains débris étaient même enflammés. Dans une lourde tempête de matière meurtrière, la panique gagna sans difficulté les esprits dans toute la gare. Déjà les cris et les hurlements couvraient les chutes assourdissantes des éclats de toit sur le sol. Des familles furent brisées, des couples détruits, des vies écourtées en quelques secondes. L'horreur frappait Allegron. Des victimes tentaient d'aider ceux qui étaient plus grièvement blessés, certains humaux fuyaient en boitant. Des corps disparurent sans prévenir sous les tonnes de ferraille désormais enfoncées dans un sol labouré.

Bon sang… C'est bien le moment pour un attentat !

Les gens se bousculaient sans raison, ils fuyaient ou couraient rejoindre une zone de la gare censée les rassurer un peu plus. Certains humaux se marchaient dessus, d'autres devenaient agressifs en tentant de rejoindre la sortie. Redshot et Mujura furent bousculés sans pour autant perdre leur calme. Tout s'animait autour des deux amis mais rien ne semblait les perturber ; sans doute l'habitude de savoir réagir face à ce genre d'événement. Ils ignoraient tout de même quelle folie se tramait.
— Qu'est-ce qui se passe ? demanda Redshot.
Son ami au pelage rouge tendit le bras vers le haut.
— Regarde ça !
Ils eurent d'abord du mal à saisir ce qu'ils voyaient puis ce fut logique. Ils ne rêvaient pas. Suspendus à plus de vingt

mètres de hauteur, Taïg et Jagnoir évoluaient non sans mal dans un dédale de poutres métalliques. Ils esquivaient les structures trop abîmées pour soutenir le dôme de la gare et tentaient de garder leur équilibre.

À en croire la logique de leurs mouvements, on dirait qu'ils cherchent à descendre… et pourquoi regardent-ils si souvent derrière eux ?

Les deux fauves en équilibre se rapprochaient de leur seul moyen évident de descente : les fines tiges métalliques au bout desquelles de larges néons bourgeonnaient à deux ou trois mètres du sol. Chaque tige était reliée au plafond de l'édifice pour former ensuite un tube très large alimentant la gare entière en énergie. Mujura comprit en un éclair que les lianes de fer seraient le seul moyen d'atteindre la foule sains et saufs pour Taïg et Jagnoir.
Soudain, des charges de blasters étincelèrent dans la direction de Redshot et Mujura. Le chat et le dauphin n'eurent que le temps d'apercevoir des silhouettes derrière leurs amis. Ils durent détourner leur attention du plafond pour se concentrer sur une menace bien plus proche. Une patrouille de rats venait de retrouver leur trace et avait ouvert le feu sans même une sommation.

Mujura saisit son sabre sans sortir la lame du fourreau sombre. Il courut au milieu des gens paniqués, enchaînant sauts et esquives habiles. Redshot le suivit sans hésiter, il dégaina son petit blaster pour couvrir son ami en cas de besoin. Il changea de direction sans perdre de vue Mujura pour monter sur une poubelle et se retrouva à côté d'un immense panneau publicitaire ; légèrement surélevé, il distinguait mieux le chat qui traversait la mer de passants. Le dauphin vit clairement les cibles à neutraliser. Là, en petite formation basique de combat, des rats lourdement équipés et habillés en treillis attendaient Mujura pour un accueil musclé.

Redshot se trouvait à plus de trente mètres des rats. Il analysa le plus rapidement possible la configuration du problème. Une foule en mouvement, plus de cinq soldats, un agent en train de slalomer vers eux… Il prit une profonde inspiration, bloqua son souffle. Mujura atteindrait le groupe dans une poignée de secondes.

Le dauphin mit ses talents de sniper en marche. Il tira trois fois d'affilée de petites décharges sans ciller. Trois rats furent touchés au visage et tombèrent au sol, inconscients et partiellement brûlés. Le chat ninja prit le relais. Quatre rats eurent à peine le temps de comprendre ce qui leur arrivait. Mujura dansa autour d'eux dans une série de mouvements parfaits. Il exécutait l'art martial de son village comme personne, enchaînant clés de bras, frappes sur points vitaux et autres prises violentes et fulgurantes sur ses ennemis vite étourdis. Il cogna même sur certains avec l'étui de son sabre avant de s'arrêter.

Des gens s'écartèrent du lieu du combat, toujours plus paniqués. Ils regardaient le chat rouge comme s'ils voyaient un monstre. Ce dernier venait de prouver au grand jour à quel point il lui était facile de neutraliser quelqu'un avec ce type de combat rapproché. La maîtrise des techniques meurtrières de ses ancêtres semblait sans faille. Redshot le rejoignit. En signe de victoire, ils frappèrent chacun leur poing droit fermé contre celui de l'autre.

— Ce sont eux ! Arrêtez-les !! Ils sont dangereux !

D'autres rats fonçaient dans leur direction, les armes dégainées et pointées sur eux. Les pas lourds d'une nouvelle escouade hostile n'auguraient rien de bon.

— Ils arrivent de dehors... Il doit y en avoir partout autour de l'aérogare, remarqua Redshot.

— Ouais... On a l'air bloqués à l'intérieur. De toute façon on ne pourrait pas rester dans Allegron, ça confirme les dires du colonel, il faut qu'on se barre et vite.

Mujura tapota sur le bras de son ami avant de se replier au milieu de la foule.

Mais pourquoi tant de bordel pour nous arrêter ?! Bon sang qu'est-ce qu'on est censés transporter ?

De nouveau des coups de feu retentirent, une certaine partie de la foule se baissa, révélant les fuyards aux yeux des rats. Redshot et Mujura furent plus rapides et atteignirent une nouvelle vague de personnes paniquées. Les cris, les voix enregistrées qui passaient en boucle dans la gare, les débris encore en flammes un peu plus loin, tout participait d'une terreur devenue palpable à l'intérieur du gigantesque dôme.
Des étincelles tombèrent tout à coup près du chat et du dauphin. Là, au-dessus d'eux… Taïg et Jagnoir échangeaient des tirs avec leurs poursuivants, tout comme eux. Mujura jeta un œil rapide, assez en tout cas pour remarquer les uniformes que portaient les tireurs à plus de vingt mètres au-dessus d'eux.

Mais c'est les flics qui arrosent !! Qu'est-ce que…

Les agents peinaient à atteindre les deux félins, ils tiraient approximativement depuis le trou fraîchement créé par le véhicule des Jamureta. Des gerbes d'étincelles scintillaient à deux doigts du tigre et du jaguar. Mujura n'arrêta pas

pour autant sa course mais fit signe à Redshot pour qu'il les remarque à son tour.
— Essaie de les couvrir, vieux, ils ont besoin de nous on dirait.
— Et merde !! On va vraiment finir par passer pour des terroristes à la fin !
Redshot ralentit sa course et attendit de ne plus être bousculé pour viser le plafond. Il dut fermer un œil pour cibler plus efficacement les policiers.
— Non, j'peux pas tirer sur ces types Muj'... On est censés être dans le même camp, dit-il à voix basse.
Après une courte hésitation, il décocha deux éclairs en direction des autorités qui avortèrent à quelques centimètres des visages ciblés. Les humaux reculèrent un peu, ce qui fit gagner de précieuses minutes à Taïg et Jagnoir. D'abord surpris qu'une riposte vienne d'au-dessous, ils s'immobilisèrent puis reprirent leur descente aussitôt après. Avaient-ils saisi ?
Mujura siffla en direction de son ami dauphin. Il avait gagné une distance considérable. Redshot regarda dans sa direction, il le vit pointer du doigt un des immenses panneaux d'affichage des horaires. Le trafic ne semblait pas perturbé, le départ pour Égiénor était-il toujours d'actualité ? Le panneau effectuait une mise à jour, les lettres et

les chiffres tournaient… Le dauphin jeta un nouveau coup d'œil en haut.
Il remarqua la marche difficile de ses amis suspendus pour atteindre les tiges de métal. Ils évoluaient lentement pour ne pas glisser. La moindre erreur leur serait fatale. Mujura voulut reprendre sa course mais il n'en fit rien. Le panneau d'affichage stoppa son défilé typographique pour révéler le lieu de salut des Jamureta. Il lut les informations en un éclair : allée C, voie 4…

***

Jagnoir manqua de tomber dans le vide lorsqu'il attrapa l'une des tiges métalliques pendues au plafond. Il saisit *in extremis* le fil épais pour le tirer tant bien que mal vers lui. Tendue par le poids d'un lourd néon quelques mètres plus bas, il était difficile de maintenir la tige contre lui. Les deux amis n'auraient qu'à se laisser glisser pour se rapprocher du sol.
Le tigre couvrit les mouvements de son camarade jaguar. Il arrosa copieusement de balles les officiers à leurs trousses. Jagnoir manœuvrait difficilement la liane métallique pendant que les policiers reculaient vers le trou béant dans le dôme. La peur du vide semblait l'emporter sur le désir de justice.

Un petit répit s'offrit aux deux Jamureta suspendus. Ils n'eurent pas vraiment le temps de souffler puisqu'il leur fallait rejoindre la terre ferme. Taïg entendait désormais bien mieux le vacarme incessant au sol de l'aérogare. Des cris, des pleurs, des pas de courses, des chocs entre humaux paniqués, autant d'éléments pour attiser l'angoisse.

Certaines personnes immobiles pointaient du doigt Taïg et Jagnoir, véritable attraction de cirque. D'autres relevaient les blessés ou traînaient des corps inertes hors des voies de passage. Les débris obstruaient une grande partie des accès aux quais. Le jeune tigre ferma les yeux, honteux de voir que cette panique était de leur faute. Il sentit la main puissante du jaguar serrer son épaule.

— T'en fais pas mec, c'est ma faute, pas la tienne…

— Regarde ce qu'on devient en quelques minutes… quelques heures… Comment on va faire Taïg ? ! Comment on va…

— Et si tu gardais le rôle de la pleurnicharde pour plus tard ? trancha Taïg avec ironie.

Il sourit timidement pour se redresser. Jusqu'où tout cela les mènerait-il ? Un piège si bien tendu pour eux, de parfaites victimes. Il fallait, au-delà de leur survie, découvrir toute la vérité sur leur accusation et sur l'objet qu'ils auraient dû posséder… L'objet au centre de toute cette histoire. Ils avaient déjà le « qui » mais il leur fallait plus de détails.

Le panneau d'affichage changea soudain en contrebas. Taïg eut le temps de lire que l'aérotrain le plus intéressant pour eux partirait dans quelques minutes. Il montra le panneau à Jagnoir pour que celui-ci saisisse l'information. Ce dernier acquiesça avant de se lancer dans le vide. Solidement accroché à la tige métallique, le jaguar noir se laissa glisser jusqu'au néon en contrebas. Il posa ses pieds délicatement sur la partie supérieure de la petite structure.

De nouveaux coups de feu retentirent et le manquèrent de peu. Apparemment revenu dans une zone qui offrait un angle intéressant pour les policiers, Jagnoir était exposé à leurs blasters. Des décharges vinrent sectionner la tige un peu au-dessus de son crâne, le néon chuta droit vers le sol avec Jagnoir et vola en éclats. Du verre s'étala sur au moins dix mètres à la ronde. Le jaguar dégaina son arme pendant qu'il trébuchait. Se sentant menacé au milieu de cette foule, il pointa çà et là les humaux venus l'aider ou en train de courir vers la sortie. Soudain, Mujura et Redshot surgirent de la foule des passants.

— Où est Taïg ? demanda le chat.

Toujours en train de porter leurs sacs, les deux amis resserrèrent leurs bagages – devenus de vrais handicaps pour fuir et se battre à pleine capacité – sur leurs dos. Jagnoir ne parla pas, il montra le plafond. D'en haut, Taïg reconnut ses amis au milieu des bris de verre éparpillés partout sur le sol.

Ils lui firent signe de descendre. Le tigre aperçut un peu plus loin des soldats rats qui couraient dans leur direction. Il aurait voulu tirer depuis son perchoir mais comment être sûr à cent pour cent de ne pas blesser quelqu'un ? Il fallait rejoindre le sol maintenant… Un seul moyen pour ça.

Taïg sauta vers la tige métallique maintenant beaucoup plus souple sans son néon au bout pour la stabiliser. Il s'accrocha et se servit de son élan pour atteindre la tige suivante comme s'il devait passer de liane en liane. Il manquait d'entraînement en la matière mais le leader des Jamureta s'arrangea pour limiter la catastrophe et se réceptionner à peu près correctement.

L'arrivée soudaine d'un poids trop lourd pour ce support fit se briser le néon plus bas, déversant ainsi de nouveaux débris de verre sur les pauvres passants. Les balles et les décharges électriques se remirent alors à siffler dans ses oreilles pointues. Les policiers reprenaient confiance en eux avec quelques tirs qui blessèrent des civils en dessous de Taïg. Le tigre décida finalement de sauter pour atteindre douloureusement le carrelage froid de la gare.

Mujura, Redshot et Jagnoir se ruèrent sur Taïg pour le relever. Autour d'eux des pas lourds les encerclèrent aussitôt, les gens s'écartèrent pour laisser apparaître des soldats rats militaires très bien équipés disséminés un peu partout. Ils se positionnaient de plus en plus lentement, braquant les Jamureta avec leurs fusils à lunettes et autres armes de pointe. Ils avançaient doucement pour refermer le cercle sur les jeunes agents. Pris au piège, les quatre amis lançaient des regards calmes à trois cent soixante degrés pour analyser la situation... Hélas même le meilleur des agents se verrait ici dans l'obligation de déposer les armes.
Le rat le plus gradé marcha dans la ronde militaire formée par ses hommes. Redshot et Mujura reconnurent le rat beige qui les suivait depuis la gare de Ptemete. Il allait parler à ses prisonniers lorsqu'il fut interrompu par quelque chose d'inaudible pour les Jamureta. Il se tint l'oreille tout en fixant devant lui. Le rat visiblement marqué par les combats – à en croire ses cicatrices au front et au museau – esquissa un sourire narquois qui laissa apparaître ses dents sales et pointues.
— Bien Révérend, à vos ordres, j'attends son feu vert...
Il s'adressa à ses humaux attentifs au moindre élément suspect. Ils redoublaient tous de concentration, d'autant plus que des civils couraient toujours çà et là autour de leur

cercle militaire. L'aérogare semblait avoir suspendu son activité à ce point du temps.

— Tenez vos positions ! Personne n'ouvre le feu sans mon ordre !

Les Jamureta restaient silencieux, immobiles, méfiants… Ils tenaient leurs armes braquées vers certains soldats. Ils formaient eux aussi un petit cercle au centre de tous ces rats. Positionnés dos à dos, chacun couvrait les arrières des trois autres. Mujura respirait lentement, Jagnoir saccadait ses inspirations, peu habitué au terrain. Redshot, quant à lui, serrait ses petites dents dans son bec bleu au côté de Taïg, stoïque, qui demeurait solidement planté face à la menace. Ce dernier baissa son arme sous les regards interrogateurs des trois autres.

— À quoi tu joues putain ?!

Jagnoir lança un coup de coude à son ami tigre.

— Quelque chose ne va pas… Ils auraient déjà dû nous embarquer ou nous descendre mais là… Mujura prit quelques secondes pour peser les mots de Taïg, il baissa son sabre, toujours

enfermé dans l'étui sombre. Face à la force militaire de l'organisation qui avait fait d'eux les meilleurs, ils se rendaient.

Le Conseil prenait l'avantage dans une lutte dont les Jamureta eux-mêmes ignoraient la réelle ampleur. Les soldats rats continuaient de lancer des regards insistants à leurs cibles. Les armes pointées sur les quatre agents ne tremblaient pas, elles attendaient l'ordre… Redshot et Jagnoir baissèrent finalement eux aussi leurs armes.

Soudain, Taïg le vit, celui que le rat beige semblait attendre depuis son ordre mystérieux. Un faucon noir habillé en civil lambda vint parler à l'oreille du rat haut gradé. Personne n'aurait pu le remarquer dans une foule de personnes classiques. Le parfait humal pour passer inaperçu.

— T'as vu ça Redshot ? lança Mujura.

— Comment tu veux que je le loupe ? Ils nous suivent depuis le départ. Au lieu de nous choper tous les deux…

— … Ils nous ont au complet… termina Jagnoir.

— Ils nous voulaient tous au même endroit… mais… y'a autre chose…

Taïg faisait preuve de plus de paranoïa que d'habitude ; Redshot acquiesça, persuadé lui aussi d'être la proie dans une chasse incompréhensible.

Le faucon s'écarta du rat beige, les deux humaux sortirent leurs armes pour les pointer vers le haut.

— Messieurs, on sort de là, la fête est finie ! ordonna le rat à ses hommes.

Tous les soldats disloquèrent leur formation en cercle pour

se fondre dans une masse de gens en direction de l'entrée. Le faucon noir esquissa un sourire en reculant de quelques pas.

— OH MON DIEU, ILS ONT CACHÉ UNE BOMBE DANS LA GARE !! hurla-t-il avant de
tirer plusieurs balles en l'air.

— SORTEZ ! ÇA VA EXPLOSER ! ajouta son confrère rat.

Les deux compères sourirent. Le rat inclina son pouce vers le sol avant de se perdre dans la mer d'humaux paniqués. La terreur remplit une fois de plus la gare rapidement. Les Jamureta virent disparaître leurs poursuivants sans rien saisir de ce qui se tramait.

Taïg jura apercevoir le faucon éclater de rire avec son ami rat plus loin. Tout le monde courait désormais dans une seule direction. Les quatre compagnons eurent le même réflexe : courir dans l'autre sens. Taïg pointa le panneau d'affichage au-dessus d'eux. Un aérotrain quitterait la gare d'ici peu.

— On prend ce train, c'est notre unique porte de sortie.

— Quelqu'un comprend quelque chose ? C'est pas logique ! lança Redshot en essayant de ne pas faire tomber son bagage. Ils nous tenaient, ils ne nous arrêtent même pas.

— On réfléchira dans le train les gars. Par ici !

Taïg s'élança vers un couloir vide, suivi par le reste des Jamureta. Ils croisèrent les derniers fuyards en retard pour sortir. Ils virent également des corps meurtris par les débris tombés du plafond quelques minutes auparavant. Ils couraient d'une même foulée dans l'allée C avant d'apercevoir l'aérotrain déjà vibrant. Ses moteurs s'activaient progressivement, il était sur le point de partir.
Taïg hurla aux autres de ranger leurs armes, tous s'exécutèrent. Un bruit d'enfer couvrit alors les pas des agents, aucune voix n'arrivait clairement à leurs oreilles. L'aérotrain s'étirait sur des dizaines de mètres devant eux, le conducteur terminait ses préparatifs.
Ils montèrent dans un des derniers wagons, le moins rempli. Le peu de voyageurs assis à l'intérieur ne semblaient pas plus apeurés que ça. Peut-être n'avaient-ils pas eu vent des récents événements ? Les portes des wagons se refermèrent tout à coup. Jagnoir manqua l'occasion de rester dehors en trébuchant.
Redshot laissa tomber son sac par terre, Mujura fit de même sans lâcher son sabre pour autant. Ils se décalèrent vers le fond du wagon pour discuter plus tranquillement. Certaines personnes les regardèrent bizarrement, sans doute à cause de leurs blessures assez apparentes et de leurs vêtements partiellement déchirés par endroits. Jagnoir parla le premier.

— J'sais pas si on a bien fait de monter là-dedans... Ils préparent quelque chose et on fait exactement ce qu'ils veulent...
Le train avança lentement dans une première secousse. Les réacteurs chauffaient progressivement. Taïg répondit tout de suite à son ami en regardant dehors. Personne ne les suivait.
— Peut-être mais on avait rien d'autre comme solution.
— On a tous entendu la même chose avant qu'ils s'éparpillent... pas vrai ? fit Mujura en reprenant son souffle difficilement.
— Oui je crois, articula Redshot, les poumons en feu.
— Alors tout le monde va croire qu'on est des poseurs de bombes. Ils nous gardent en vie pour nous accuser de ça.
— Bombe qu'ils vont gentiment découvrir puisqu'ils l'auront posée eux-mêmes, termina Redshot.
— Et on portera le chapeau... grogna Taïg en frappant la vitre la plus proche. Les enfoirés... Le colonel a vraiment dû les foutre en rogne pour qu'ils en arrivent là.
Les regards se tournèrent dans sa direction. L'air de rien, il sourit poliment aux voyageurs, feintant le bien-être et la joie de vivre.
Le train fut finalement propulsé sur sa ligne suspendue. Allegron s'éloignait lentement derrière eux, laissant un

lombric métallique avancer au-dessus du vide. Tout à coup, une nouvelle vibration secoua le véhicule et ses occupants. Les quatre agents échangèrent un regard inquiet. La secousse… Elle pourrait très bien correspondre à une sorte…

— BORDEL ! vociféra Redshot.

La gare fut éventrée en un instant par une explosion gigantesque. Au loin, jaillissant d'un côté du dôme blanc, les flammes dansaient vers le ciel. À mesure que l'aérotrain progressait vers le nord, les autres humaux présents dans le wagon restaient bouche bée devant l'horreur bien réelle.

Un attentat venait de briser la paix d'Allegron, capitale si calme et dénuée de tout conflit depuis tellement longtemps. Jagnoir dut s'asseoir, sous le choc. Mujura ferma les yeux, sans voix, tentant de contenir un raz-de-marée émotionnel. Redshot détourna le regard vers son ami tigre. Taïg fut le seul à oser prononcer la triste vérité à voix basse.

— Messieurs, nous sommes officiellement des terroristes…

Chapitre 12

Lames nocturnes

Orjo était fier de l'avoir capturé. Il jubilait silencieusement devant son prisonnier. Assis dans un couloir sombre éclairé de faibles lueurs émises depuis les larges plaques constituant le plafond, il regardait sereinement le singe allongé dans sa cellule. Derrière les barreaux métalliques usés gisait Nyemok, inconscient et blessé à l'épaule.

Un trou dans son blouson laissait couler un liseré de sang aussitôt séché par le froid. De la neige fondue gouttait sur le sol jonché de morceaux de terre et d'autres débris. L'étroite cage oppressante avait pour seul mobilier des toilettes dé-

bordant d'excréments. Inutilisables à moins de s'en servir à des fins sadiques.
L'ours Orjo restait silencieux dans le couloir humide et gris. Il repensait à son camarade Mikram, tombé deux jours plus tôt face à ce sale dresseur de licornes.

On l'a eu mon vieux… T'es pas mort pour rien… Je me charge de la fin de sa vie…

Les coudes posés sur les genoux, les doigts croisés devant une gueule aux crocs acérés, l'ours n'entendit pas tout de suite sa radio l'appeler. Le vieil équipement tombait en ruine mais semblait toujours fiable. Il sortit de ses pensées meurtrières pour saisir l'appareil à sa ceinture.
— Contrôle à Orjo, contrôle à Orjo, tu me reçois ? résonna une voix neigeuse dans le silence de la salle sombre.
— Contrôle, ici Orjo, j'te reçois. Quoi de beau là-haut ? articula-t-il dans l'appareil quasiment collé contre sa bouche.
— Ça va être l'heure vieux. Faut que tu la changes de place.
— Encore ?!
L'ours voulut jeter sa radio contre le mur, il préféra appuyer nerveusement dessus.
— Oui, encore. Tu sais bien…
— Mais ça fait trois fois que je la change de coffre. On

n'arrête pas de la déplacer, ça rime à quoi ?!
— Les ordres... tu sais qu'on les discute pas. Ramène tes fesses ici !
Agacé mais docile, l'ours blanc se leva à contrecœur.
— J'aurais mieux fait de me faire muter à Luxis moi, râla-t-il. Au lieu de ça, j'fais le guignol en plein froid dans un bunker vieux comme le monde.
— On t'attend, remonte chercher la carte d'accès. Terminé.
La voix fut coupée, laissant l'habituel silence reprendre possession des lieux. Avant d'emprunter l'unique couloir qui menait aux ascenseurs, Orjo lança un regard à Nyemok encore endormi sur le sol. La rage animait chaque geste de l'ours depuis qu'ils l'avaient capturé. En cette nuit glaciale, une seule chose assouvirait ses pulsions : voir le singe souffrir.

***

Licornia se tenait aux frontières de sa forêt. Elle sentait le froid vagabonder sur sa peau bleue glacée face au lac gelé. Elle fixait un point invisible en direction du singe d'argent, regardant l'endroit précis où elle l'avait vu disparaître. Licornia ne désirait pas s'immiscer davantage dans cette tragique histoire. Elle n'avait fait qu'essayer de guider le singe

avec son Veilleur : juste son rôle de divinité. Elle avait été la première surprise lorsqu'elle avait vu deux ours porter Nyemok inconscient sous ce lac. Hélas elle s'était juré de ne plus intervenir parmi les non-divins.
Elle connaissait si bien la forêt… mais si mal les environs. Qu'abritait donc ce lieu mystérieux ? Avait-il un rapport avec l'être de lumière apparu dans la clairière ? Et ces quatre types sous leurs capuches, plus agiles que sa neige elle-même… La déesse fronçait les sourcils à mesure que ses pensées la traversaient.

C'est si frustrant de ne pas savoir ce qui se trame autour et à l'intérieur de sa propre forêt…

La nuit couvrait le monde de son large manteau noir depuis maintenant quelques heures. Licornia restait silencieusement troublée par ce lac… Elle se gratta le front, juste au-dessous de la petite corne pointue. Elle hésitait, devait-elle intervenir une fois de plus ? Devait-elle abandonner sa forêt quelques instants… pour s'immiscer… dans la quête de ce singe ? Quelque chose au fond d'elle lui hurlait de le faire. Ce dresseur de licornes, aussi mortel et banal soit-il, lui inspirait terriblement confiance. Sa façon de prier à chaque fois qu'elle l'entendait, sa manière d'avancer aveuglément vers l'inconnu… Sans connaître la fin de l'histoire, il tentait le tout pour le tout.

Il mérite que j'intervienne… Tant pis si je viole encore les règles divines… Mon Veilleur ne t'a peut-être pas aidé… mais moi… je le peux encore. Je sens tout ce monde vibrer. Tout s'accélère et je te sens lié au destin de ma forêt petit singe.

Licornia quitta les frontières calmes de sa clairière pour marcher en direction du lac gelé. La surface épaisse et lisse ne laissait aucunement deviner le complexe caché au-dessous. Mais elle savait… Elle savait que depuis longtemps des humaux avaient secrètement investi les lieux et il semblerait qu'aujourd'hui, un élément clé se cache ici. Les flocons dansaient sous la lueur d'une lune blanche et froidement funeste.

La déesse continua de marcher plusieurs mètres avant d'être interrompue. Elle sentit brusquement son pied nu heurter quelque chose… dans le vide ! Déjà lancée pour effectuer le pas suivant, elle se cogna littéralement contre un mur invisible. Elle ne pouvait plus avancer. Licornia voyait pourtant clairement devant elle. Elle déposa ses mains douces et glacées sur une surface parfaitement dissimulée au monde.

Je ne l'ai même pas senti... Une... puissante protection...

Comme si elle touchait de l'eau, des cercles concentriques bleus s'étalèrent parfaitement. Ils révélèrent la forme complète de l'obstacle psychique durant un court instant : un bouclier arrondi jusqu'à l'autre bout du lac.

Licornia frappa plusieurs fois contre le mur surnaturel pour tester sa résistance. Elle essaya de le traverser un peu plus loin. Elle marcha çà et là autour de l'obstacle sans résultat satisfaisant. Pas moyen de passer. Elle se retrouvait coincée loin de Nyemok, sans pouvoir interagir avec le mortel. Simplement réduite à regarder le décor inerte d'Égiénor depuis une vitre incassable. Une voix s'éleva derrière elle, masquant partiellement les sifflements du vent glacial alentour.

— Pourquoi tu veux suivre cette petite âme ?

La déesse bleue sentit tout à coup l'écrasante puissance spirituelle de l'être qui approchait. Immense, charismatique... Était-ce... ? Elle se retourna pour confirmer le fond de sa pensée. Licornia ne fut aucunement surprise de voir avancer vers elle Ignis, le dieu de la Nuit. L'être était vêtu d'une longue toge noire luisant dans les reflets froids d'une neige laiteuse. Le haut de son crâne nu brûlait d'une flamme tantôt orangée, tantôt bleutée.

Le dieu brillait sans cesse, à la manière d'une braise incandescente jamais éteinte. Son visage n'arborait aucun repère humal. Il s'apparentait plutôt à une forme humaloïde difforme, comme celui de Licornia. Une protubérance de peau à la place de la truffe, des oreilles sur les côtés et l'absence de pelage. D'après les anciennes écritures, de tels êtres seraient assimilés à de très anciennes formes humales. Ignis, le seigneur des nuits, marchait d'un pas calme ; ses pieds osseux se plantaient dans la neige, craquelant la matière froide et fragile. Il stoppa et ouvrit les paumes de ses mains estropiées en direction de la déesse.

— Ne fais pas cette tête très chère, dit-il d'une voix suave. Tu es si jolie lorsque tu souris.

— Je peux savoir à quoi tu joues Ignis ? rétorqua Licornia en croisant les bras.

Le dieu au crâne incandescent fit mine de ne pas comprendre ; il lançait des regards faussement séducteurs. Les reflets orange et bleus de la flamme éclairaient les visages dans la nuit noire. La déesse continua.

— Je t'ai posé une question, non ? Qu'est-ce que tu fabriques avec ça ?

La déesse frappa du talon dans le mur invisible. Celui-ci vibra sur des dizaines de mètres avant de s'évanouir. Ignis éclata de rire sans perdre de sa superbe.

— Ah ça ? Allons… tu ne devines pas la raison ? Pour être tout à fait honnête avec toi, c'est tout bêtement un filtre divin ; capable de laisser passer uniquement les âmes mortelles ou non divines…

— Mais pourquoi Ignis ?! Pourquoi mettre en place ce genre d'obstacle ? Ça ne rime à rien !

La voix de Licornia trahissait une certaine frustration.

— Oh mais bien au contraire ma chère, annonça-t-il toujours avec la même voix grave. Cela nous empêche de trop approcher de certains êtres mortels… de nous mêler de choses qui ne nous concernent pas.

— En quoi ça te regarde ?

— Tu devrais me remercier Licornia car il me semble que tu interviens un peu trop pour aider ce pauvre type.

— C'EST MOI QUE ÇA CONCERNE ! explosa la déesse.

— Faux ! C'est toute la communauté divine que tu souilles en brisant les principes de base. Tu enfreins les règles ! se contint Ignis malgré une colère grandissante.

— Tu sais bien que les règles sont faites pour être brisées.

— Tu n'as plus à intervenir de la sorte avec une âme, aussi dévouée soit-elle, ajouta le dieu.

Licornia ne répondit rien. Elle s'enferma d'abord dans le silence en restant les bras croisés contre sa poitrine bleue.

Ils écoutèrent la neige voler autour d'eux et la forêt chanter sous les bourrasques de vent. Les deux dieux se toisèrent longuement, se défiant mutuellement. Elle reprit la parole et posa son regard sur le lac gelé.

— Cette âme que j'ai aidée… Ce singe… Il essaye de protéger ma forêt en risquant sa vie depuis quelques jours. Je ne sais pas ce qui se trame ici, j'ai simplement entendu ses appels et ses prières. Tout semble conduire en ce lieu. Celui-là même que tu m'empêches d'approcher.

— Tu n'as pas besoin d'en savoir plus. Étant donné l'ampleur du problème, crois-moi, c'est beaucoup mieux ainsi.

Ignis coupait court à la conversation, Licornia le sentait bien ; il cachait quelque chose.

— Qu'est-ce que tu ne me dis pas ? C'est nouveau cet élan de docilité de ta part… Des “respectons les principes” et des “ne nous lions pas aux mortels”. À quoi tu joues Ignis ?

Un ignoble rictus se dessina. Le dieu au crâne brûlant perdait patience.

— J'ai été calme et cordial jusqu'à maintenant…

— Tu fais une erreur en me barrant la route Ignis. Ce bouclier n'a pas lieu d'être ! lança Licornia, se rapprochant du dieu de la Nuit.

— Je n'ôterai pas ce bouclier.

Il marqua un temps avant d'étirer ses lèvres en un rictus malfaisant.

— J'ai d'autres directives…

— Laisse-moi passer, défia-t-elle les yeux plantés dans son regard.

Ignis effectua un mouvement éclair. Il leva soudainement ses mains fines et squelettiques et claqua des doigts. Aussitôt jaillirent de petites gerbes de flammes rouge et bleu. Deux torches incandescentes venaient de remplacer ses mains.

Licornia recula, un peu impressionnée. Elle remarqua presque immédiatement des dizaines de paires d'yeux rouges tapis dans l'ombre des arbres de sa propre forêt. Les yeux d'Ignis luisaient désormais d'un sinistre reflet. Il fit un pas en direction de la déesse bleue.

— Je ne peux pas te laisser approcher de ce qui se cache sous ce lac… Tu m'en vois navré, déclara-t-il. Mais je suis sûr que tu comprends.

***

Les pieds sur le rebord de l'interminable bureau central, Frako somnolait. Sa casquette lui couvrait les yeux pour lui assurer un minimum de tranquillité pendant une sieste bien méritée. Devant lui s'étendaient des dizaines d'écrans, détecteurs, radars thermiques et psychiques ainsi que

d'autres vieilleries encore utilisables dans cet ancien bunker sous-marin.
Certains appareils bipaient dans le silence de la salle principale du complexe. Situé sous la glace du plus grand lac de la région d'Égiénor, il constituait depuis de nombreuses années une forteresse de premier choix quasi imprenable. Un très bon lieu pour diverses raisons stratégiques. Frako n'entendit pas Orjo approcher. Les deux ours échangèrent silencieusement un regard avant de s'éloigner des autres soldats, en majorité de type reptilien. La confiance ne régnait pas vraiment au sein des occupants du bunker. Ils discutèrent aussi calmement que possible.
— T'en as mis du temps putain ! J'ai pas l'impression que t'aies bien conscience de ce qu'on fait ici.
Des crocodiles regardèrent dans leur direction puis se remirent au travail sur leurs petits bureaux collés les uns aux autres, jonchés d'effets personnels.
L'immense complexe s'articulait sur plusieurs niveaux sous la surface de l'eau. Trois pour être exact. Le premier contenait quelques salles relatives à l'identification des soldats ainsi que le grand centre nerveux : radars, détecteurs thermiques, psychiques et autres joies technologiques en tout genre.
Les deux ours y avaient été récemment affectés. Tout

comme leur défunt ami Micram. Au-dessous se situait le niveau moins deux, composé de dortoirs et des principaux lieux de vie sociale pour les agents présents plusieurs mois dans le bunker. Ce niveau cachait aussi des laboratoires gouvernementaux secrets aux objectifs plus que douteux pour le grand public.

Enfin, le troisième et dernier niveau abritait quant à lui des coffres blindés. On y trouvait des armes dernier cri et autres objets précieux cachés au reste du monde. Dans ses plus sombres recoins humides et froids, le niveau moins trois foisonnait également de petites cellules peu accueillantes à l'hygiène discutable.

Un réseau d'ascenseurs et d'escaliers de secours assuraient les liaisons entre les différents niveaux, de longs dédales de couloirs reliaient certaines salles principales entre elles mais de tout ce labyrinthe sous-marin, on ne connaissait qu'une seule et unique sortie : celle par laquelle on entrait.

— J'avais pas remarqué mais les détecteurs ont mis en évidence une sorte d'aura très puissante autour du lac, révéla Frako.

— C'est pas pour ça que j'suis remonté. Donne-moi ta carte d'accès au lieu de t'inquiéter pour rien.

— Orjo !! Réveille-toi ! Tout le monde sait que de vieux esprits divins hantent le coin. Tu trouves pas ça flippant que

les appareils s'emballent comme ça ? On a jamais relevé autant de données que ces dernières heures !
Frako sortit tout de même de sa veste une carte en plastique très rigide.
— C'est peut-être des alchimistes qui assurent notre sécurité ?
— Quand t'y seras, oublie pas de refermer, ordonna-t-il sans prêter attention à la remarque.
— Je sais… dit Orjo en saisissant la carte. Je la déplace où cette fois ?
— Rien à battre, pourvu qu'elle sorte pas du bunker et qu'on soit mutés ailleurs à la fin du mois prochain ! Sérieusement j'en ai plein les…
— SERGENT !!
Des soldats en blouse gris et vert sortirent tout à coup d'un ascenseur donnant sur la grande salle. Ils coururent en direction de Frako. Des humaux scientifiques s'affolaient avec des notes et des appareils bruyants. Le chef du groupuscule en blouse s'avança, c'était un poulpe à la peau huileuse et violacée.
Des bras aux larges ventouses dépassaient de ses côtes, en plus de ses deux principaux ; il tenait des fioles dans certaines mains, des papiers dans d'autres. Il tendit un classeur à Frako. Des doigts stressés le tenaient fermement.

— Sergent… sergent c'est incroyable ! Là, dehors, sur les rives du lac… Nous avons relevé des traces de…
— Oh mais fermez-la bande d'allumés ! Montrez-moi plutôt vos données au lieu de brailler.
Frako arracha les notes froissées du classeur et des autres mains du poulpe. Il prit quelques secondes pour lire. Il ouvrit alors de grands yeux puis les posa sur le poulpe.
— On est sûr des relevés, professeur ?
— Vous insinuez que mes chiffres sont faux ? Sergent sans vouloir vous…
— VOUS EN ÊTES SÛR OUI OU NON ?! hurla Frako en agitant les notes.
Le professeur acquiesça nerveusement de sa tête aux grands yeux globuleux.
— Redescendez dans vos labos et doublez-moi vos escouades de nanomachines sur les alentours du lac. Il faut surveiller ça de près.
Le segent Frako marcha en direction des soldats crocodiles avant de faire une annonce à toute la salle. Visiblement, les notes des scientifiques n'étaient pas de bon augure.
— Messieurs, votre attention s'il vous plaît ! lança-t-il. Rien de grave mais je vais vous demander de rester sur vos gardes plus que jamais pendant les prochaines heures. Nos nanomachines révèlent une activité atomique anormale à

la surface. On pourrait parler de perturbations psychiques autour de notre petit paradis sous-marin.
Certains soldats sourirent à la dernière remarque du sergent. Tous écoutaient attentivement depuis leurs bureaux. Orjo quant à lui prenait déjà la direction des ascenseurs. Il suivit le groupe de scientifiques mené par le poulpe.
— Nous ne craignons rien ici mais nous avons probablement deux entités divines qui sont en activité au-dessus de nos têtes. Restez vigilants et tentez d'établir un visuel car…
Orjo n'entendit pas la fin de la phrase de son ami sergent. Il songeait déjà à sa mission débile et à son prisonnier.

***

Ignis fit pleuvoir de fins éclats meurtriers sur Licornia. Il ne neigeait plus mais la déesse riposta avec des flocons mortels. Elle se démenait du mieux qu'elle pouvait pour éviter les attaques à répétition. Le maître de la Nuit restait là, immobile, guidant ses petites flammèches aux allures d'étoiles autour de lui dans une danse élémentaire.
Quiconque entrait en contact avec elles voyait son âme et son esprit diminuer de capacité jusqu'à ce que le néant emporte sa victime. Licornia jetait régulièrement de la neige au-dessus d'elle, créant ainsi des boucliers éphémères. Elle

put de cette manière battre en retraite vers sa forêt et s'offrir quelques courtes secondes de répit. Elle courait au travers d'attaques sans trêve. Le dieu au crâne incandescent jubilait intérieurement.

— Tu apprécies mes lames nocturnes, petite bleue ? lança-t-il entre deux pluies funestes.

La déesse ne répondit pas à la provocation d'Ignis. Elle devait rester concentrée. Elle sauta çà et là sur les rives du lac gelé puis bondit en arrière et atterrit sur le mur invisible. Instinctivement elle fonça cette fois dans la direction contraire, laissant des cercles concentriques s'étendre sur le bouclier.

Un nuage de petites étoiles prêtes à la transpercer suivait de près ses moindres mouvements. Elle fut touchée plusieurs fois mais réussit tout de même à atteindre l'un de ses arbres secs. Écorchée des bras jusqu'aux cuisses, elle sourit en marchant sur les frontières de la forêt : son asile.

Elle posa une main bleue griffée sur l'arbre, comme une caresse. L'écorce de ce dernier vola en éclats pour contrer les centaines de lames d'Ignis. Deux nuages d'éléments naturels s'entrechoquèrent violemment, déclenchant des bourrasques d'énergies sur les combattants.

Les chocs entre les morceaux d'écorce et les étoiles de mort furent terribles. Des lueurs intenses et contrastées brillèrent

dans la nuit. Bon nombre de lames nocturnes vinrent tout de même se briser sur l'arbre de la déesse. Elle eut juste le temps de s'abaisser pour les éviter. Licornia fut partiellement atteinte, la peau lacérée par endroits.
Malgré une douleur insoutenable, elle boitilla dans l'ombre sous le regard satisfait d'Ignis. Les mains enflammées de ce dernier, tout comme le haut de sa tête, éclairaient les rives du lac. Les lumières de la mort léchaient la neige. La déesse bleue ne prêta plus attention aux paires d'yeux rouges remarquées juste avant le combat. Toujours fixes, elles suivaient Licornia du regard comme un prédateur suit fidèlement sa proie sans relâche. Était-ce une illusion pour affaiblir l'esprit et susciter la peur chez l'adversaire ?

Il a des sbires dans ma forêt ? Il a trouvé un moyen d'y entrer alors…

Elle entendit le dieu de la Nuit rire aux éclats derrière elle ; les arbres le cachaient maintenant à la vue de Licornia mais le rire, lui, résonna très loin. Ignis calma soudainement sa fougue meurtrière et baissa les mains le long de son épaisse toge sombre. Le nuage de lames prit de l'altitude puis s'évapora lentement dans la nuit noire.
Le vent balaya les dernières étincelles et remplaça les

flammes par la neige à nouveau. Il venait de remporter un duel clé pour le bon déroulement de son plan. La seule réelle menace était Licornia. Elle ne devait pas aider le singe. Surtout pas…

J'espère ne pas vous décevoir Maître, marmonna Ignis en baissant le visage vers le sol. Le singe est seul… Il reste faible.

Il n'obtint pour réponse que les sifflements du vent surgissant des ombres. Il entama une marche lente et religieuse autour du lac comme s'il gardait les environs. Licornia n'entendit rien d'Ignis. Trop occupée à survivre pour l'instant. Les dieux avaient beau être immortels, ils pouvaient cependant connaître un sort pire que la mort, le néant. Disparaître à jamais ou bien se retrouver scellés dans un entremonde.

Licornia savait qu'aujourd'hui, elle avait frôlé le néant. Elle trébucha dans sa propre neige, à bout de souffle. Ignis l'avait vaincue. Elle prit le temps de respirer calmement, allongée sur le matelas blanc de flocons. Elle sanglotait car elle se savait impuissante. Elle aurait tant aimé aider la petite âme si dévouée qui risquait tout.

Pourquoi se sentir si proche de ce singe ?

Forcément parce qu'ils savaient tous les deux que le Mal prenait de l'ampleur. La petite corne brilla sur le haut du front de la déesse, la neige autour d'elle également. Lentement, avec beaucoup de regrets, Licornia dut se résigner… Des bras enroulèrent les courbes félines de la déesse bleue, la forêt engloutit sa maîtresse pour la protéger. Elle aurait tant voulu agir… Licornia laissa Nyemok seul face à son destin.

***

L'ascenseur vidé de tout laborantin rouvrit ses portes sur un couloir éclairé de néons rougeâtres. Les murs laissaient couler de l'eau par endroits. Des stalactites s'étaient formées au plafond, le rendant encore plus menaçant. La température devait avoisiner les moins dix degrés. Orjo avançait lentement à cause de l'éclairage trop faible, ses yeux allaient s'habituer dans quelques secondes à la lumière ambiante. De retour au niveau moins trois, il était très tenté d'aller voir son prisonnier macaque. Était-il réveillé ? Il bifurqua dans la direction opposée.
L'ours entreprit de traverser un couloir cette fois-ci complètement dépourvu de luminosité. Seule une lueur éma-

nant d'un panneau indiquait quelle direction prendre pour rejoindre la surface en cas d'évacuation. Orjo alluma sa torche aussi longue qu'un briquet pour voir vers quoi il avançait. Il avait traversé cette zone des dizaines de fois mais dès qu'il posait de nouveau les pieds ici, il ne pouvait s'empêcher d'être terrifié.

Cette foutue Page me fera toujours peur… Ou en tout cas le chemin pour y accéder…

Il marcha silencieusement de longues secondes. Les bruits de pas accompagnaient les ruissellements d'eau dans les canalisations apparentes. Une pression presque palpable écrasait l'ours à mesure qu'il approchait d'une porte verrouillée.
Immense, ronde et massive, la salle qui se trouvait derrière cachait de façon évidente de précieux objets. Sur le côté de cette plaque blindée se trouvait un boîtier, usé d'être accroché à un mur depuis visiblement très longtemps. Un système de digicode à l'ancienne toujours aussi efficace fit sourire l'ours blanc.

Vieillerie… ça date vraiment pas d'hier toute cette connerie de bunker…

Il composa touche après touche un code d'accès, la torche serrée entre les crocs. Une série de cliquetis lourds retentirent depuis l'arrière de l'épaisse porte. Le long couloir semblait amplifier chaque son pour terrifier son occupant. Le mur vibra un instant, la porte coulissa au niveau du sol dans un grincement désagréable et s'ouvrit sur une pièce éblouissante de lumière.

Une salle spacieuse accueillit l'ours. Il plissa d'abord les yeux avant d'adapter sa vision à la nouvelle lumière artificielle de la pièce. Tout autour de lui, des centaines de tiroirs numérotés attendaient patiemment la visite des curieux qui voudraient les ouvrir.

Ils avaient tous un petit écran et un clavier numérique. Orjo se dirigea vers l'un des tiroirs d'un pas sûr. Habitué par le rituel depuis ses nouvelles instructions, il tapa une série de chiffres avec la même assurance sur le coffre numéro vingt-deux. Une fumée dorée s'échappa.

Une sorte de petite pression se relâcha et le coffre coulissa sur sa longueur. L'ours saisit le bord du petit casier et le tira vers lui. À l'intérieur, il trouva ce qu'il était venu chercher : une page jaune et usée par endroits, remplie de signes cunéiformes incompréhensibles. La vieille relique fut délicatement manipulée par l'ours. Il la roula avec le plus grand soin en retenant même son souffle.

Putain et dire qu'on pourrait tous être dans la merde à cause d'une telle saloperie vieille comme le monde... J'te jure... mais bon... les ordres...

Il referma le tiroir puis la salle en prenant soin d'éteindre cette fois-ci derrière lui. Juste histoire de ne plus bêtement s'aveugler la prochaine fois. Orjo réfléchissait déjà au nouveau lieu qui accueillerait secrètement la Page. Il aurait dû simplement la changer de coffre, ou de pièce sécurisée... mais il venait d'en décider autrement.
La changer de place, voilà bien l'ordre le plus absurde qu'il avait jamais entendu ! Entré en vigueur depuis qu'un groupe d'agents terroristes menaçaient la capitale du Sud : Allegron. Un ordre relativement récent apparemment. La parano des supérieurs avait atteint un niveau incroyable mais cela n'affectait aucunement l'ours blanc.

Le temps que ces mecs arrivent... Du Sud jusqu'ici... On aura le temps de changer de continent. Non moi le seul truc qui me tracasse maintenant... c'est comment j'vais te venger Micram ?

Mort par la main du sale macaque dresseur de licornes, Orjo n'arrivait toujours pas à se faire à l'idée que son frère

d'armes l'avait quitté. À cause d'un singe en plus… Quelle honte !
Souiller ainsi la fierté des ours, l'insulte suprême en le tuant. Il devait rendre son honneur à l'ami mort au combat. Il lui ferait payer…
On ne tue pas un natif d'Égiénor ainsi sans avoir à essuyer la colère de ses collègues survivants. À mesure que l'ours remontait le couloir sombre, il vit le carrefour menant aux cellules se dessiner. Il porta sa main sur le manche d'un large couteau de chasse, la lame semblait lui hurler de la laisser sortir. Oh il changerait la Page de place… mais ça attendrait encore un peu… Juste le temps d'un meurtre…

Tu aurais dû tous nous tuer sale babouin…

Chapitre 13

Le sabre et la poudre

Sous les regards interrogateurs des autres passagers de l'aérotrain, les Jamureta profitèrent d'un moment de répit pour récupérer un peu de leurs émotions. Exténués, blessés, trahis… Ils occupaient toute la longueur d'un banc au cuir déchiré, un peu en retrait à l'arrière du wagon. Des voix s'élevaient à peine pour se mêler aux vibrations du train suspendu.

Déjà plusieurs dizaines de minutes qu'ils avaient quitté la gare internationale d'Allegron. Ils voyageaient vers le nord en direction d'Égiénor, pendus au-dessus des villes-satellites de la capitale du Sud. Le train suivait inlassablement sa ligne de ferraille, à la manière des mauvaises surprises qui s'abattaient depuis plusieurs heures sur les quatre agents secrets : sans jamais s'arrêter.

Malgré les centaines d'entraînements, les milliers d'heures à apprendre les mouvements parfaits, les bons réflexes pour réussir une opération, rien n'aurait pu les préparer à la tragédie dans laquelle on leur avait gardé les premiers rôles ! Le colonel lui-même restait impuissant. Et cerise sur le gâteau : les Jamureta étaient désormais des terroristes. Ce n'était plus qu'une question de temps avant que tout le royaume ne soit au courant. Des murmures couraient dans le wagon par-ci par-là sur la venue des derniers passagers avec leurs blessures et leurs vêtements arrachés.

Mujura fut le premier à se rendre compte du malaise de plus en plus évident. Il tendit son ouïe fine et perçut des « Non mais t'as vu ça ? C'est qui ces types bizarres, là ? » ou encore des « Vraiment pitoyable que ces gens voyagent dans les mêmes trains que nous ». Le chat au pelage rouge aurait aimé réagir face à tant d'intolérance et de préjugés… et après ?

Ça ne ferait que déclencher un incident de plus…

Sa légendaire sagesse le raisonna. Elle étouffa toutes les pulsions négatives pour les laisser reposer au fond de sa bonté d'âme. Il serra le sabre et le sac de voyage un peu plus entre ses jambes fines et musclées. À côté de lui, Redshot somnolait sincèrement. Le dauphin avait relâché tout son stress quelques minutes plus tôt et s'était endormi, appuyé de tout son poids sur son propre sac posé sur les cuisses.

— Comment il fait pour roupiller pendant qu'on est dans la plus grosse merde du siècle ?! s'irrita Jagnoir qui pianotait son brordinateur depuis le début du trajet.

— Il décompresse parce qu'il a compris qu'il va nous falloir des forces, répondit Taïg. Tant qu'on n'atteint pas d'autre gare, on est tranquilles.

Un mot rassurant du leader n'était jamais de trop dans ce genre de situation. Mujura ne rétorqua rien, bien que le fond de sa pensée ne soit pas des plus apaisés.

Même au sein de ce wagon, on est pas en sécurité...

— On a combien de temps avant la première gare ? s'inquiéta Mujura.

— Moins d'une heure à mon avis, osa Taïg.

Jagnoir remarqua immédiatement l'absence d'énergie dans la voix du tigre. Il lança un regard au chat rouge, lui aussi l'avait remarquée. Taïg quant à lui laissait son regard se perdre à l'horizon.

— Je posais juste la question parce qu'ils risquent de…

— Ils seront là sans aucun doute. Le Conseil nous baise en beauté, même l'armée est liée à cette sale machination. Qu'ils sachent ou non si on est des terroristes, ils posteront des troupes à toutes les gares susceptibles de nous accueillir. Ils vont nous intercepter c'est sûr…

Taïg n'adressa pas de regard à ses coéquipiers, il croisa les bras avant de s'enfoncer un peu plus dans le dossier du banc usé. L'aérotrain amorça tout à coup un virage au-dessus d'un paysage verdoyant. Les passagers entraient dans la zone est du Royaume lumineux : Luxis.

Les vibrations secouèrent tous les occupants du wagon. Redshot grommela quelque chose d'incompréhensible avant de se rendormir. Les trois autres se toisèrent sans parler.

— T'as dit quelque chose Red' ? questionna le jaguar aux taches d'or.

— Quoi ? Vous croyez que j'me fais un sieston sans vous écouter un minimum ? ronchonna le dauphin sans pour autant ouvrir les yeux. Je disais juste qu'on ferait mieux de vite réfléchir à un plan si on veut atteindre Égiénor et suivre les instructions du colonel…

Il se tourna sur le côté.

— J'ai bien une idée... Mais ça risque de noircir un peu le tableau, dit Taïg.
— Ah parce que tu le trouves pas assez noir comme ça ?
Le tigre ne répondit pas à l'ironie de Jagnoir qui fit sourire les deux autres.
— Peut-être qu'on devrait essayer de...
Mujura stoppa soudain son intervention pour serrer l'étreinte autour du sabre de son père. Il dégagea quelques centimètres de lame de l'étui noir avec un certain stress dans ses gestes.
— Muj' ? Quelque chose ne va pas ? demanda Redshot, cette fois-ci les yeux grands ouverts.
— Ma lame. J'aurais juré l'avoir sentie vibrer...
Toujours occupé à pianoter sur son brordinateur, Jagnoir peinait à se connecter aux réseaux depuis le train aérien. Il lut les actualités en temps réel. Toutes les revues électroniques qu'il consultait confirmaient les dires de Taïg : ils étaient effectivement considérés comme des ennemis publics à capturer morts ou vifs.
Au même instant, à peine eut-il fini de découvrir toutes ces informations terrifiantes qu'une voix féminine résonna dans tout le wagon. Taïg n'eut pas le temps de révéler son plan aux autres Jamureta. Tous les passagers écoutèrent avec attention, malgré les bruits de la carlingue suspendue.

— Mesdames et messieurs, votre attention s'il vous plaît. Ceci est un communiqué des autorités allegroises. Les personnes que vous allez voir apparaître à l'écran sont activement recherchées sur tout le territoire. Le Royaume lumineux souhaite vivement arrêter les coupables des récents incidents survenus à la gare d'Allegron. Merci de communiquer leur présence à tout représentant de l'ordre. Il est en effet plus que probable que ces quatre terroristes soient actuellement dans un des aérotrains qui...

Taïg reçut un choc. Là, sur les petits écrans collés au plafond du compartiment apparurent en fondu les visages des quatre membres respectifs du groupe Jamureta. Les photos étaient en fait des captures d'écran prises par les caméras de sécurité disséminées aux quatre coins de la ville et sous le dôme de l'aérogare.

Chose encore plus surprenante, sous leurs photos on pouvait lire leurs noms : le Conseil les faisait accuser en les rendant publics ! Ils étaient vendus au plus offrant sous prétexte qu'ils possédaient quelque chose d'important. Assez colossal pour mettre une ville à feu et à sang sans être accusé du moindre crime.

Très vite les passagers se tournèrent vers les Jamureta. Une jeune féline hurla tout ce qu'elle savait en reculant derrière son petit ami canidé peu rassuré. Les regards se figèrent d'un bord à l'autre du wagon suspendu. Jagnoir secoua Redshot encore assoupi. Il fixa instantanément les écrans… puis vit tous les yeux accusateurs posés sur lui et ses amis. Les quatre agents reculèrent très lentement pour former un groupe uni contre le fond du wagon. Taïg prit la parole en chuchotant.

— Bon, j'vous explique quand même mon plan initial ?

Le tigre dégaina calmement son arme pendant qu'en face d'eux, la petite foule d'humaux s'agglutinait contre la porte donnant sur les wagons suivants.

— Mais qu'est-ce que tu fous, Taïg ?

Jagnoir déglutit difficilement. Tous fixaient le moindre geste suspect venant de la masse de civils apeurés. L'incompréhension gagnait les esprits.

— Il faut prendre le train en otage…

***

Le révérend Néfec ôta sa veste de costume brillant mauve avant de s'asseoir. Il se vautra derrière son large bureau dans un immense fauteuil à dossier ergonomique très confortable avant de tourner sur lui-même avec désinvolture. Le fennec fixa alors l'extérieur au travers d'une épaisse baie

vitrée. Allegron s'étendait devant lui du haut de son quarante-quatrième étage.
Il but un verre du meilleur alcool hybride qui soit. Après quelques gorgées à l'arôme envoûtant, il hurla de rage et jeta son verre contre la bibliothèque en vieux bois de Tachonis. Une pluie d'éclats fendit le meuble.
Au loin, face au révérend, une fumée noire s'élevait au-dessus de la capitale. Le fennec regardait sans ciller dans cette direction, stressé. Il voyait le dôme de la gare internationale en flammes, partiellement éventré. Néfec tourna le dos à la ville et à ses buildings entourés de voloitures affolées. Il toucha la base de sa mâchoire et songea à la fuite de King. Il repensait à tous les éléments qui échappaient à son contrôle, aussi bien à lui qu'à son collègue Grilo, le gorille.
On toqua à la porte. Néfec cria un « Entrez » agacé et forcément désagréable étant donné la situation.
Le doberman, chef des troupes militaires dépendant du Conseil, entra dans le bureau sombre aux murs mauves, à l'image du costume du fennec. Le canidé gras affronta le regard de son supérieur puis se décida à annoncer sa mauvaise nouvelle.
— Révérend, pardon de vous déranger mais... ils nous ont échappé. Le trafic des trains n'a pas pu être suspendu à cent pour cent. Il semblerait qu'ils soient à bord d'un des...

— OH ASSEZ COMMANDANT !! Je suis au courant ! Des solutions ! Je veux des solutions ! Y'en a forcément au milieu de ce merdier ! TROUVEZ DES SOLUTIONS !!
Le fennec bavait de colère, il semblait enragé.
— Eh bien… Mon Révérend… Nous… Selon vos ordres, nous avons diffusé les informations sur les Jamureta à la presse nationale. Nous attendons. Je… j'ai également posté des troupes dans toutes les villes susceptibles d'accueillir un aérotrain en provenance d'Allegron. Nous les trouverons Révérend.
Néfec sourit nerveusement lorsque le chien termina sa phrase.
— Bien… Et concernant Égiénor ?
— Rien mon Révérend… La Page est toujours en lieu sûr, asséna le doberman d'un ton qui se voulait rassurant. Nous remettrons la main sur l'autre et tout rentrera dans l'ordre. Si nous les trouvons, nous récupérons ce qui nous appartient… Ils ne pourront pas fuir éternellement, Révérend.
Le doberman desserra sa veste comme pour témoigner du stress évacué puis se tourna en direction de l'extérieur du bureau. Au moment où le chien saisit la poignée, Néfec l'interpella.
— Commandant Gradog ? Avez-vous pu retracer le traître ?
— Le colonel King ?

— Oui… Savons-nous d'où est-ce qu'il effectuait sa télépathie ?
— Cela ne saurait tarder Révérend Néfec, répondit le commandant avec un immonde sourire qui révéla tous ses crocs.

***

— On peut pas faire ça mec !
Jagnoir pianotait toujours nerveusement sur son brordinateur fixé sur l'avant-bras. Des petits sauts d'images traduisaient le mauvais état dans lequel se trouvait la machine. Elle avait survécu tant bien que mal aux chocs et aux explosions de ces dernières heures. Le jaguar noir cherchait des informations sur les réseaux aériens concernant les trains. Il se refusait à la solution de Taïg.
— Regarde leurs têtes bon sang ! Ils sont persuadés d'avoir les ennemis du Royaume en face d'eux ! dit-il.
— Je sais mais les prendre en otage ne veut pas dire blesser quelqu'un !
Taïg chuchotait pour ses amis. Il tentait d'argumenter pour les convaincre. Mujura massait l'étui de son sabre, pensif. Devait-il réagir et suivre le tigre ? Il ferma les yeux, se retenant de dire quelque chose.

Face aux Jamureta, un groupe de voyageurs désormais regroupés de façon homogène vers l'accès au wagon suivant ne les quittaient pas du regard. À voir leurs visages terrifiés, ils auraient volontiers sauté de l'aérotrain en marche s'ils en avaient eu la possibilité. Quelque part, tous étaient à leur manière des victimes du complot ficelé d'une main de maître par le puissant Conseil. Habile stratégie que de laisser les quatre Jamureta en vie... Quoi de mieux que de servir au monde les coupables ? Quoi de plus symbolique que de montrer le mauvais exemple ?
La société allait avoir de quoi alimenter une nouvelle psychose collective avec les bombes que les quatre terroristes auraient pu malgré eux poser çà et là dans tout Allegron. Mais plus machiavélique encore, laisser s'échapper un ennemi créé de toutes pièces pour mieux le cueillir à la gare suivante et récolter les lauriers relevait du parfait coup monté. Le Conseil offrait un spectacle unique à l'ignorant Royaume lumineux tout entier pendant qu'il complotait dans le dos du monde.
Redshot sortit soudainement son arme, prêt à suivre Taïg dans sa croisade. Certains humaux apeurés étouffèrent de petits cris.
— On se chope le pilote ? lança-t-il.
— Il faut qu'on le persuade de ne pas s'arrêter à la pro-

chaine gare, enchaîna Taïg. Sinon on est cuits.
— Il a raison, ils seront là pour nous arrêter face au Royaume tout entier, expliqua Redshot.
Mujura se décida enfin à parler avant que toute action soit entreprise par l'un de ses amis.
— Faites sortir tous ces gens…
Le dauphin et les deux fauves se toisèrent un instant. Ils posèrent en même temps leurs regards sur les autres passagers. Certains appelaient déjà un contrôleur à l'aide d'un écran fixé à côté de la porte de transition.
— Pourquoi les faire sortir Muj' ? demanda Redshot à mesure que les passagers quittaient maintenant le wagon d'eux-mêmes. Ça colle pas si on doit les prendre comme otages ! Qu'est-ce que t'as derrière la tête ? Je connais ce regard-là…
Taïg devinait que le chat au pelage rouge mijotait quelque chose. Son comportement fit sourire le tigre. Le chat lui rendit sa mimique. Ils ne prendraient pas le train en otage… Redshot braqua tout de même les derniers voyageurs encore dans le compartiment pour leur hurler de sortir.
Ce qu'ils firent dans une série de gestes paniqués qui amusa quelque peu le dauphin – légèrement sadique pour le coup. On entendit des « Pitié j'ai une famille » ou encore

des « Pourquoi vous faites ça ? »
— Quoi que tu veuilles faire Muj', fais-le vite parce que d'après les infos que j'intercepte sur les réseaux du Conseil et des flics, on a moins de dix minutes avant la prochaine gare, informa Jagnoir, de plus en plus angoissé à mesure que les informations s'affichaient sur son avant-bras numérique. Ils seront bien là pour nous cueillir.
— T'es connecté au Conseil ? fit Taïg, intrigué.
— Oui, je suis infiltré sur le réseau. Ils ont juste donné un ordre y'a déjà quelques dizaines de minutes. Ils mettent à jour avec du retard…
— Ils ne se doutent pas que tu surveilles le réseau ? questionna Redshot.
— Si si, mais ils ne me trouveront pas à moins de tout reconfigurer. J'ai écrit une partie de ce code, ricana Jagnoir, fier de ses prouesses informatiques.
— La solution viendrait peut-être de mon sabre. Je pense que c'est notre seule chance si on veut éviter un autre massacre.
— De ton sabre ? Explique-toi.
Le chat rouge se mit tout à coup à genoux pour fouiller dans son petit sac de voyage. Il en sortit un bocal transparent rempli de sable. Il prit le sabre de son père dans son autre main. Le ciel devint inexplicablement plus sombre, progressivement menaçant.

Des nuages se créèrent en à peine quelques secondes au-dessus de l'aérotrain. La luminosité extérieure diminua. Les lumières du compartiment s'allumèrent automatiquement. À mesure que Mujura rapprochait le bocal du sabre, les nuages au-dehors s'épaissirent, jusqu'à gronder entre eux d'un tonnerre aux reflets violets. Redshot regarda son ami chat en pointant le ciel du doigt.

— Ça te rappelle rien ? lança-t-il.

— Si, bien sûr… Je sais que t'avais une théorie sur tout ça Red'.

Le dauphin ne lâchait pas du regard le ciel menaçant.

— C'est cette tempête… celle qui a duré plusieurs jours. Tu savais ce que c'était alors ? J'avais raison ?

Taïg fixa lui aussi le ciel devenu si sombre en peu de temps.

— Ça a un rapport avec ce que tu fais là, Muj' ?

— Et encore, là je n'ai pas sorti la lame de son étui, ajouta le chat rouge.

— Et on peut comprendre ?

Jagnoir leva les yeux à son tour malgré les bips réguliers du brordinateur.

— En fait… si on s'en tient aux mythes les plus anciens, ceux du Voyageur, j'ai une explication. Tout vient de la rencontre entre le sabre et le sable, expliqua-t-il en se raclant la gorge. Disons que dans une vieille légende, le

Voyageur – vous savez, cette espèce de prophète qui traverse les mondes – entrerait dans un monde à sa guise. L'indice qui révélerait aux mortels sa venue serait simple et là je cite : “Ils n'auraient qu'à regarder un ciel mauve et or”. Tous se consultèrent en silence, puis jetèrent un nouveau regard dehors.

— À l'époque de mes ancêtres, continua Mujura, plusieurs moines félins de Tachonis trouvèrent un moyen d'égaler les talents du tout-puissant Voyageur. Ils forgèrent plusieurs lames grâce à des alchimistes de renom et fabriquèrent indépendamment une poudre aux capacités surprenantes : elle pouvait distordre l'espace-temps.

— Donc t'es en train de nous dire que t'as de quoi changer de monde juste là entre tes mains ? exagéra Jagnoir.

— J'irais pas jusque-là mais ça fait longtemps que je sais à quel point ce sabre est important, alors j'me suis arrangé pour piquer un peu de la poudre des anciens… Une intuition suite à des rêves et des prémonitions…

— Ça recommence ? dit Taïg l'air inquiet.

— Pas aussi violemment qu'avant, heureusement, répondit Mujura. Mais quelque chose de très dangereux pourrait se produire si on ne va pas à Égiénor. Le peu de flashs que j'ai eus concernaient cet endroit.

— Pourquoi tu m'en as pas parlé plus tôt, vieux ? Tu m'as fait croire que j'avais tort.

Redshot se sentait subitement mis à l'écart. D'habitude, son ami lui confiait ces choses-là. Cette fois-ci, il l'avait gardé pour lui.
— Je ne pensais pas que c'était ça… et je n'allais pas vous parler comme ça du savoir des anciens de Tachonis, on a quand même de la réserve à avoir. Maintenant, ça me semble l'unique solution, j'ai décidé de partager ça avec mes frères Jamureta.
Le dauphin s'esclaffa de rire en tapant l'épaule de son collègue félin.
— Muj' ! T'es un sale enfoiré de chat ! J'adore !
— Bref, mon plan c'est d'essayer ce que les Anciens ont renoncé à faire depuis des siècles. Le dernier à avoir tenté une telle expérience… a eu de très gros ennuis.
Le chat marqua un temps. Dehors, les épais nuages clignotaient de façon surnaturelle, éclairant les agents de lueurs tantôt mauves, tantôt dorées. Le chat eut les larmes aux yeux.
— Excusez-moi… marmonna-t-il en évitant le regard des autres. C'est une pratique taboue chez moi. Tenter d'égaler un dieu, un prophète ou n'importe quel autre élément divin. C'est très mal vu. Si on vous en parle…
Tous firent oui de la tête. Jagnoir passa même une main devant sa bouche en guise de silence.

— Merci… c'est sympa…
— Tu sais bien que tu peux compter sur les Jamureta.
— Donc… ta distorsion… ça consiste en quoi exactement ? questionna Taïg les yeux rivés vers un ciel en colère. L'orage sans pluie grondait désormais. De puissantes teintes mauves puis dorées par endroits illuminèrent les nuages un court instant. Mujura sortit finalement la lame de son étui. Il la brandit devant lui et ses amis. L'arme blanche fendit l'air avec grâce.
Son lourd passé transpirait rien qu'en portant le regard sur la lame ; impeccable et lisse, elle attira toute l'attention des jeunes agents. D'un geste nettement plus incertain, le chat déboucha le petit bocal de poudre qu'il tenait dans l'autre main.
— La lame fend le monde, la poudre tord le temps. Je pense qu'on peut quitter ce foutu train avec l'arme de mes ancêtres.
Le chat versa de la poudre sur le bout du sabre scintillant. L'aérotrain se mit à vibrer de façon légèrement agressive. Comme si le wagon tremblait de mécontentement à l'attention des Jamureta. Tous trébuchèrent. En chutant sur un des bancs usés du compartiment, Mujura tira involontairement un trait oblique blanc.
La trace lumineuse resta suspendue dans le wagon à la ma-

nière d'une fente blanche dans l'espace entre eux et le mur. Tous virent le trait s'élargir lentement. Au-dehors, une tempête plus puissante semblait s'abattre sur eux. De longs éclairs zébraient le vide entre le ciel et l'aérotrain. Les wagons ballottaient sauvagement dans les airs. De puissants vents torturaient la course en ligne droite de l'appareil.
— Alors ça marche ? C'est aussi simple que ça ?
Taïg n'en revenait pas, Jagnoir non plus visiblement.
— On dirait une sorte de…
Il scanna la fente lumineuse avec son toufaire. Aucune donnée intéressante ne sortit du gadget.
— C'est une ouverture, pas vrai ? Mes appareils détectent une source d'énergie très puissante et fortement concentrée au même endroit, ajouta le jaguar.
— Si c'est une ouverture… ça mène où ? interrogea Taïg en reculant légèrement contre une des banquettes du wagon.
— J'en sais rien… mais si tout ce cirque est réel, Muj', ça veut dire que la tempête qui dure depuis plusieurs jours au-dessus de chez moi…
— Ça peut vouloir dire deux choses, coupa le chat. Soit quelqu'un a utilisé cette magie pour changer… de… enfin se déplacer dans l'espace-temps, soit ça signifie que le Voyageur n'est pas un mythe.
— Alors il serait sur Gaïa ? s'inquiéta Taïg, osant la ques-

tion que tous se posaient silencieusement.
— Je ne vois pas d'autre explication.
Les quatre Jamureta écoutèrent les vibrations des vents contre les vitres du wagon suspendu ; les orages grondaient toujours tout autour d'eux, infatigablement. Les jeunes humaux n'osaient pas approcher la fissure nette et lumineuse qu'avait tracée Mujura devant eux. Emprunter ce passage surnaturel était peut-être dangereux.
Soudain deux mains sortirent de l'intérieur de la fente de lumière. Elles étirèrent sans effort la petite fenêtre donnant sur un nouvel univers. Au centre de l'ouverture maintenant élargie se trouvait un être lumineux et gracieux. Il salua les Jamureta. Deux cornes flottaient dans les airs autour de son crâne, il souriait avec une profonde sincérité.
— Passez par ici pour fuir, lança-t-il. Ne craignez pas mon chemin.
L'être de lumière avait une peau brillante qui reflétait à peine le décor. C'était comme s'il émettait toute cette lumière depuis l'intérieur. Il les invitait à entrer dans un lieu inconnu. Un espace hors de l'espace. Mujura enjamba le bas de la fissure comme on grimperait par-dessus un banal obstacle pour passer de l'autre côté. Jagnoir récupéra le sac à dos du chat et le suivit. Redshot saisit le sien et fit de même.

Tous avancèrent dans un silence religieux ; ils regardaient l'être lumineux, partagés entre peur et fascination. Taïg clôtura la marche en vérifiant derrière lui les écrans qui affichaient toujours les visages faussement coupables de son groupe et lui. Le Lumineux referma la fenêtre.
Il tira les deux extrémités de l'espace pour les faire se rejoindre. La faille fut refermée en un seul mouvement de bras expert. Seule une légère fumée blanche s'échappa dans le wagon désormais vide. Déjà les cieux s'ouvraient sur un ciel bleu azur.

***

Le faucon noir essuya la poussière sur son blouson en cuir. Les plumes en bataille par endroits sur son crâne et ses bras, il repensait au parfait déroulement de son opération. Le Conseil pouvait être fier de lui. Il marchait dans le long couloir du dernier étage d'un imposant bâtiment.
L'immeuble abritait soi-disant celui qui était en relation avec le très influent Conseil. Le faucon allait enfin rencontrer son supérieur. Il n'avait jamais vu le visage de l'humal en charge de lui donner des ordres et cela datait de bien avant la mission concernant le colonel King et les Jamureta. Il s'arrêta devant une porte massive en bois sculpté d'or-

nements dorés. Il leva sa main pour toquer sans même prendre le temps de déglutir. Il serra le bec et fut surpris de voir la porte s'ouvrir toute seule. Le commandant Gradog, son référent direct, l'intermédiaire entre lui et son réel patron, sortit de la pièce silencieuse et sombre. Difficile de distinguer quoi que ce soit derrière le gros doberman.

— Je peux savoir ce qui vous amène ici capitaine Falconi ?

Le canidé prit le temps de refermer la lourde porte dans un craquement de bois sinistre.

— Des informations à communiquer de toute urgence à notre supérieur, répondit le faucon en saluant nerveusement.

Son geste de la main resta parfait malgré son stress face au doberman Gradog vêtu d'un costume sombre digne des plus grands bandits.

— Vous voilà... prêt à rencontrer le révérend Néfec ?

— On dirait bien mon commandant. Je sais à quel point c'est rare, dit fièrement le faucon.

— Vous semblez ignorer que c'est surtout dangereux. Il n'est pas rare de voir le visage du révérend... Il est bien plus exceptionnel de ne pas se faire tuer juste après.

Le capitaine Falconi sentit soudain son toufaire vibrer dans son blouson sale. Il saisit l'objet pour décrocher en s'excusant devant Gradog.

— Capitaine Falconi, j'écoute.
Le faucon écouta quelques secondes la personne au bout du fil. Il aurait préféré ne jamais entendre ce qu'on lui annonça. Falconi se décomposa dans une grimace de terreur. Le commandant Gradog remarqua immédiatement son officier changer d'attitude.
— Un problème, capitaine ?
L'oiseau noir mit quelques secondes à répondre. Il s'adressa à son correspondant.
— Vous en êtes sûr ?! Que disent les autres unités ?
Le commandant attendit impatiemment la fin du coup de fil.
— Mais enfin c'est impossible ! On les a vus partir d'Allegron… Ils n'ont pas pu disparaître comme ça !
Très énervé, le ton monta entre le capitaine et la personne à l'autre bout du toufaire.
— Refouillez-moi cette saloperie de train ! Ce sont des espions démasqués, pas des magiciens bordel !! Ils peuvent pas aller bien loin ! Ils sont forcément là !
Le capitaine Falconi raccrocha. La nouvelle n'augurait rien de bon.
— Où en est-on avec les cibles ? Vous les avez ?
Gradog vérifiait la situation, un léger cynisme dans la voix. Le faucon fit non de la tête sans qu'aucun commentaire ne

fût ajouté. Le doberman continua sur sa lancée.

— Je ne suis pas sûr de comprendre. Vous deviez les réceptionner quelle que soit la gare d'arrivée. Vous aviez prévu le coup non ?

— Ils ont… il semble que les Jamureta aient quitté l'aérotrain, expliqua Falconi. Personne n'a rien vu.

Les deux officiers restèrent silencieux plusieurs secondes. Gradog fit quelques pas, plongé dans ses pensées. Il écrasait l'accueillante moquette du couloir. Le pas lourd, il reprit calmement le fil de la conversation.

— Repartez en direction de la gare. Où qu'ils soient, ils n'iront pas loin. Les médias nous aideront même indirectement avec la psychose que nous allons régulièrement alimenter. Ils ont réussi à se cacher pour l'instant mais ce petit jeu ne durera pas. On va continuer de balancer leurs foutues gueules partout dans tout le Royaume !!

— Bonne idée mon commandant. Par contre… concernant mon entretien avec…

— Vous n'entrez pas dans cette pièce, capitaine. Je vais moi-même informer le révérend de votre échec. J'ai besoin de vous vivant pour la suite de la mission. Tenez.

Le gros chien tendit une feuille au capitaine.

— Votre nouvel objectif ; réunissez une équipe et allez me récupérer ce colis. Pour le reste, ne vous en faites pas, gardez votre calme et rappelez-vous que le Conseil contrôle la situation. Les Jamureta ne sont qu'un détail à régler… Vous pouvez disposer.

Les deux humaux se saluèrent officiellement avant de partir chacun de son côté. Le doberman entra une nouvelle fois dans l'immense bureau sombre du révérend Néfec. Le capitaine Falconi comprit en traversant le couloir dos à son supérieur direct que le fameux Conseil avait tout sauf le contrôle de la situation. Il lut son nouvel ordre de mission et fut enjoué de constater une bonne surprise.

***

Lorsque l'être lumineux referma la brèche liant l'aérotrain à une pièce poussiéreuse et mal éclairée, les Jamureta se retrouvèrent plongés dans la pénombre de ce nouvel espace. Seul le Lumineux dégageait une intensité suffisante pour éclairer et même éblouir les nouveaux occupants de la pièce.

Le sabre de Mujura ne brillait plus. Au centre de ce qu'on aurait pu prendre pour un petit bureau dérangé se trouvait une table et des chaises. Des livres ouverts et effrités par le temps s'entassaient un peu partout, jusque sous le meuble. Une petite bibliothèque aux vitres fêlées décorait l'un des quatre murs. Des portes fermées habillaient les trois autres. Le groupe de jeunes mâles un peu perdus avança vers la table au centre de la pièce.

— On est où là ? demanda Taïg en premier.

L'être de lumière ne répondit rien. Il tourna son visage lisse vers Mujura.

— Ingénieuse idée jeune chat pour le sabre et la poudre. Tes ancêtres seraient fiers de voir à quel point tu honores leur technique pour sauver tes amis. Tu sembles même dépasser leur niveau de concentration.

Mujura inclina la tête en signe de respect.

— Heu… Excusez-moi mais… tenta Redshot sans trop élever la voix. Qui êtes-vous ?

La petite pièce exhalait une atmosphère digne d'un temple. Le timbre religieux des voix n'avait rien de naturel, il semblait même amplifié.

Tous regardaient flotter les cornes du Lumineux, tels de légers tentacules fantomatiques, livrées aux mouvements de l'air ambiant. Les pupilles s'acclimataient désormais à la forte lumière dégagée par l'étrange créature.

— C'est Ayoveg… répondit nerveusement Mujura, tant cela lui paraissait insultant de le lui demander. Celui qui voyage éternellement d'un…

— ... d'un monde à l'autre, en effet. Je vois que ma réputation me précède... Votre ami rouge a raison, je suis Ayoveg, le Voyageur.

— Attendez mais... pourquoi est-on là avec vous ? Qu'est-ce que vous nous voulez exactement ? bégaya Jagnoir soudain enclin à une profonde angoisse.

Il releva la tête de son brordinateur. Aucun réseau, aucun moyen de savoir où les Jamureta avaient atterri.

— Lorsque Mujura a fendu l'espace et le temps, vous avez ouvert une fenêtre entre deux univers censés ne pas être liés l'un à l'autre. Vous avez pris un risque non calculé, vous auriez pu réveiller de sombres antiquités des anciens mondes ! J'ai donc naturellement intercepté cette brèche pour vous donner accès à mon univers. Si je vous ai aidés à traverser, c'est dans un but précis.

— Écoutez, tout ça c'est super... vraiment... sourit le jaguar, mais on doit absolument continuer. On ne veut pas paraître impolis ou irrespectueux mais quelqu'un a besoin de nous et...

— Je peux vous emmener à Égiénor par une simple porte, coupa Ayoveg.

Les tentacules au-dessus de son crâne se figèrent un instant.

— Je sais que vous devez aller là-bas. Tout vous y conduit. Je sais que vous cherchez quelqu'un... Je sais également que vous êtes liés à un objet qui m'appartient. Trouvez mes

Pages pour obtenir les réponses à vos questions mais trouvez-les sans moi.
— Comment ça sans vous ? articula Taïg devant les bouches ouvertes de ses amis.
— Je ne peux pas intervenir physiquement dans votre monde. Je me dois de rester distant. Lorsque j'y entre, je risque à chaque fois d'un peu plus le précipiter dans le chaos. Votre réalité semble fragile et ma venue la trouble beaucoup trop. De plus je pourrais attirer mon alter ego ici… Chose que tout être sensé voudrait éviter croyez-moi.
— Vous parlez de l'Enfermeur ? balbutia Mujura qui n'obtint aucune réponse.
Mujura et Redshot se regardèrent, ils avaient désormais confirmation que le Voyageur existait réellement. Mujura fut bien obligé d'avouer que Redshot avait raison dès le départ. Son contact alchimiste douteux Murèno lui avait fourni une information fiable, quelques jours plus tôt. Le chat comprit soudain que ses rêves récents concernaient bien le Voyageur… Et la neige représentait Égiénor, lieu où la suite des événements s'accomplirait bientôt.
— Tu avais déjà les signes précurseurs de ma venue en tête… Troublante sensibilité, reprit Ayoveg en s'adressant à Mujura.
Les autres ne saisirent pas le sens de ces paroles. Seul le chat rouge comprit.

— Alors le mythe concernant une tempête avec des reflets…
— Ce n'est pas un mythe mais bien les signes de ma venue, tout comme tes rêves d'ailleurs. Hélas, je perturbe l'équilibre d'une réalité et ne peux jamais rester bien longtemps dans un monde, affirma Ayoveg.
— Ils comprennent vite en tout cas.
Une voix rauque et inconnue résonna du fond de la salle. Les Jamureta virent des silhouettes noires invisibles jusque-là se décoller de l'ombre d'un mur. Quatre êtres cachés sous des capes noires avancèrent autour du Lumineux.
— Ne soyez pas surpris, rassura-t-il. Vous ne craignez rien.
— Vous voulez qu'on trouve… des pages ? C'est bien ça ? interrogea Taïg, soucieux de comprendre. J'ai peur de ne pas vous suivre.
— C'est cela… Une Page en particulier, cela sera suffisant.
— Une page seulement ? Ah bah tout va bien alors, on arrache les feuilles du cahier d'un gosse et le tour est joué, c'est ça ? ricana Jagnoir tout seul avant de se sentir un peu ridicule.
— Où est-ce qu'on va la trouver ? enchaîna Taïg.
— Nous savons qu'elle est à Égiénor mais je n'arrive plus à la repérer. Son aura est cachée depuis quelque temps. Pire, on me bloque son énergie, quelqu'un ou quelque chose me la dissimule. Je pense qu'un être doté de certaines capacités

divines me cache ce que je cherche.
Le Voyageur semblait désolé de ne pas pouvoir donner plus d'informations.
— Ah parce que c'est une relique magique ? s'offusqua le jaguar.
— Le terme "magique" est un peu réducteur… mais c'est quelque chose qui ne devrait pas rester à la portée d'êtres non divins. Elle renferme un pouvoir trop grand pour des humaux. Actuellement il existe deux de mes Pages dans votre monde. L'une est localisable dans le sud de votre royaume et qui plus est entre de bonnes mains. L'autre me préoccupe bien plus. C'est celle-ci que je voudrais que vous retrouviez pour moi. Elle est à Égiénor.
— Ça sonne comme quelque chose de vraiment important en tout cas… conclut Taïg à voix basse.
— Ce genre de relique peut mettre en péril un monde, menaça soudain le Voyageur. Je ne voudrais pas en être le responsable, même indirectement.
Tous avaient du mal à saisir l'ampleur de la situation. Les enjeux étaient colossaux. Tant d'informations à ingurgiter en si peu de temps. Une salle hors du temps et de leur monde, un mythe qui s'avère être une réalité et maintenant des Pages « dangereuses » à retrouver… Sans oublier le fait d'être l'équipe la plus recherchée du royaume. Taïg

s'avança pour combler le silence éloquent de ses amis.
— Écoutez... Vraiment... On aimerait vous aider là... mais...
— Si vous trouvez le singe, vous trouvez la Page. Le temps presse, jeunes gens. Tout est lié... Mes Pages, vos amis, vos ennemis, vous, moi... Avancez... Vous comprendrez peut-être.
L'être divin illumina tout à coup la pièce d'une violente lueur. Les Jamureta reculèrent en protégeant leurs rétines agressées. Ils se retrouvèrent plongés dans le noir en un éclair. Un grincement succéda à la soudaine disparition d'Ayoveg. Une porte s'ouvrit lentement sur la réalité.
Juste là, devant eux. Du vent soufflait derrière. Taïg alla ouvrir un peu plus la porte pour voir ce qu'elle cachait. Ils retinrent tous leur souffle. De la neige entra soudain à l'intérieur de la petite pièce sale et poussiéreuse. Le jour bleuté d'une forêt enneigée éclaira les quatre humaux. Taïg poussa un peu plus fort. La porte donnait sur la clairière d'une forêt d'arbres morts. Redshot et Mujura tournèrent la tête tout autour d'eux. Ils n'avaient même pas remarqué que les quatre autres silhouettes aux capuches noires avaient également disparu.
Jagnoir avança dans la neige devant ses camarades. Il s'agenouilla avant de cliquer nerveusement sur son brordina-

teur. Une lueur scanna la neige devant lui tout en paramétrant une connexion au réseau le plus proche. L'absence de toute autre personne glaça le sang des Jamureta visiblement déboussolés par la rencontre avec le Voyageur. Une série de petits bips signalèrent à Jagnoir des informations, il mit un peu de temps avant de se prononcer.

— Les mecs… D'après mon scan et les infos récupérées… ma connexion marche à nouveau… mais… l'ordi est formel… On est à Égiénor !

Chapitre 14

Au creux du livre

Le regard inquiet, Namal, le vieux lama, scrutait la foule du centre commercial. Partout autour de lui les gens allaient et venaient sans cesse, leurs chariots dépourvus de roues flottant quelques centimètres au-dessus du sol. Des boîtes de gélules alimentaires débordaient des sacs en carton au milieu de divers produits de consommation inutilement vitaux.

Namal restait là sur le banc, planté dans cette galerie intérieure immense, longue de plusieurs centaines de mètres. Le bâtiment foisonnait de publicités plus mensongères les unes que les autres, allant de la mode éphémère et désinvolte à la débauche pure et simple sur certains visuels alimentaires. Le vieil humal n'était pas retourné dans ce genre d'endroits presque entièrement robotisé depuis des lustres. Il préférait consommer utile dans des commerces plus discrets hors du centre-ville d'Allegron. S'il était ici aujourd'hui, c'était dans l'unique but de fuir avec son ami Liono King.

Qu'est-ce qu'il fout ?! Ça fait plus de vingt minutes qu'il est parti…

Leur fuite durait depuis peu. Juste après la séance de télépathie foudroyante, Namal sentit quelque chose d'anormal. Même pendant la séance à vrai dire. Comme si une présence les avait localisés ; il n'en avait pas parlé au colonel King mais… c'était logique. Ils s'étaient fait repérer. Sans doute un alchimiste au service du Conseil ou tout simplement du roi.
L'alchimie étant à peine tolérée par le gouvernement en place, la fuite devenait donc naturelle ; le Conseil ou les autorités devaient sans doute déjà être sur leurs traces. Le lama avait pourtant prévenu King. Désormais, conformément à la demande de son ami, Namal attendait son retour

sans bouger. Il était soi-disant aller vérifier quelque chose.

Bon sang on va se faire choper ! Comment cet endroit pourrait nous être utile ?

Le lama sentait la fatigue le gagner doucement à mesure qu'il relâchait son attention. Il s'appuyait sur sa canne. Une télépathie d'une telle intensité l'avait épuisé. Son âge avancé le rappelait à l'ordre, il commençait à somnoler sans même s'en rendre compte. Il s'affaissait lentement sous sa large cape usée.
Le bruit de la foule tendue depuis l'annonce de l'attentat dans la gare d'Allegron devint un bourdonnement lointain à mesure que le sommeil emportait Namal. Il entendit une voix d'animatrice télé répéter une nouvelle fois que quatre agents suspects s'étaient enfuis hors de la capitale de façon inexpliquée. Le lama n'analysa pas cette information, trop exténué par tant d'émotions. Tout à coup, une lourde main écrasa son épaule.

***

Encore et toujours les mêmes choses dans les actualités… Le vieux poste de télévision rabâchait sans cesse le dernier scoop terroriste sans se soucier de l'image neigeuse et du son grésillant capté par miracle. Clania déchiffrait les alarmantes nouvelles.

Ils ont juste disparu ?! Comme ça ? C'est ce qu'on nous dit… Ils… ne s'en sont pas sortis. Tu m'as protégé mon amour, pour me préserver…

Seule dans un coin humide des bas-fonds sales d'Allegron, la belle lionne pleurait à chaudes larmes celui qu'elle aimait tant. Taïg avait fait le bon choix, elle en était pleinement consciente mais à ce stade, elle aurait préféré mourir plutôt que d'entendre une voix objective annoncer aux informations que lui et ses amis étaient des traîtres. Pire, qu'ils avaient disparu ! Clania n'en croyait pas un mot.
Elle décida d'essuyer ses larmes pour mieux espérer. Elle voulait croire à cette petite voix au fond d'elle. Celle qui lui criait qu'il était en vie ainsi qu'innocent. Sa mélancolie passa petit à petit en retrait ; en effet un autre sentiment émergeait. Quelque chose en elle sentait une menace grandir. Une menace toujours autour d'elle. Une angoisse étrangement liée à son père et aux Jamureta.

Je suis seule… sans aucun soutien… sous la ville… Que faire ?

Une porte rouillée grinça dans le dédale de tuyaux sur lesquels Clania restait recroquevillée, les jambes pliées, les bras croisés et la tête posée dessus. Elle serrait entre ses cuisses le petit sac embarqué depuis le début. Jamoon entra dans la pièce. L'écureuil osa à peine avancer vers elle puis il prit la parole et calma les sanglots de la jeune femelle.

— J'ai… Votre mallette… Je l'ai donnée à mon chef de gang.

— Ce n'est pas vraiment la mienne… confia-t-elle en essuyant une larme le long de sa joue.

— Oui… je sais, mais c'est juste pour vous dire que les types qui vous suivent vous et vos amis ne la trouveront pas ici…

L'écureuil tenta une approche calme et rassurante :

— Vous voulez p't'être quelque chose à boire mam'selle Clania ?

— Non… non merci, ça ira. Tu es gentil.

La lionne tentait d'être la plus aimable possible. Chose à laquelle elle échoua vu le ton employé. Elle tâcha de se reprendre sans tarder :

— Excuse-moi… C'est… toutes ces bêtises là-dehors qui me…

— Ils vont bien. Vos amis vont bien j'en suis sûr. Vous savez, j'ai frôlé la mort plusieurs fois aujourd'hui avec m'sieur

Jagnoir et… il m'a sauvé… même si je croyais que c'était fini. Ces types ont de la ressource !

Clania sourit en direction du petit écureuil au regard lointain, plongé dans ses proches souvenirs.

— J'pense qu'ils vont bien s'en tirer, reprit-il. Ils ont l'air drôlement doués.

— J'espère que tu dis vrai Jamoon. J'aimerais tellement être avec eux… avec lui. L'aider à affronter et surmonter tout ça. Retrouver mon père aussi pour que…

— Vous vous faites du mal mademoiselle, coupa l'écureuil avant de la voir retomber en larmes. Moi je pense qu'on ferait mieux de rester planqués ici sous la ville. Et puis c'est votre copain qui l'a demandé.

— J'ai l'impression que même sous terre, je ne suis pas à l'abri, avoua la belle lionne.

— Mais pourquoi on vous traquerait sans relâche ?! Vous avez rien fait, pas vrai ?

— J'ai rien fait mais on pourrait se servir de moi comme appât… et mon père serait alors en danger. Si toutefois il est toujours vivant.

Clania sentit son moral se gorger d'une profonde tristesse.

— Écoutez, ici c'est chez les Haillons ! Croyez-moi, personne voudrait descendre nous embêter, s'exclama Jamoon avec assurance. On nous a toujours laissés tranquilles alors c'est pas aujourd'hui que ça va changer !

Il tenta même un sourire rassurant vers Clania. Elle le lui rendit avant de se lever pour éteindre le vieux téléviseur synonyme de torture pour elle. Jamoon alla refermer la porte en prenant soin de ne pas attirer l'attention.

— Les autres savent que je suis ici ? demanda-t-elle.

— Les autres ? Vous voulez dire ceux de mon clan qui ne vous ont pas vue là-haut ? Ah ça non ! Houla non ! Ils m'en voudraient drôlement d'avoir amené une riche de la surface dans nos quartiers de pouilleux.

L'écureuil s'était mis à chuchoter. Il surveilla l'extérieur de la pièce dénuée de tout meuble par l'embrasure de la porte rouillée. Seules quelques couvertures traînaient sur des bouts de carton humide, non loin d'une table en bois fissurée. Ce qui ressemblait le plus à un petit lit à même le sol se trouvait sous un tuyau épais, le moins usé. Le vieux téléviseur encore opérationnel tenait bon sur la table. Clania fixait l'appareil.

— Mon seul lien vers la surface depuis que j'ai plus mon grand-père, confia l'écureuil avec une petite voix émue. Lui au moins il savait super bien lire et me rapportait des livres de temps en temps pour me rappeler comment c'était là-haut.

— Tu veux dire que… tu n'es pas né ici ?

La lionne sentit une gêne s'emparer du petit humal. Jamoon fit non de la tête, les yeux rivés par terre.

— Mais alors... comment t'es-tu retrouvé au milieu de tous ces...

— Pauvres ? Misérables ? Vauriens ? Allez-y, y'a plein de mots pour nous rappeler qu'on est différents de vous ! On nous caricature d'abord puis on nous craint... Alors on nous laisse soigneusement à l'écart... mais personne ne sait réellement qui on est. Triste hein ?

Elle n'avait rien à ajouter, l'écureuil frappait fort et vrai à chaque mot prononcé.

— Mes potes et moi on est pas des criminels vous savez, reprit-il. C'est juste qu'on utilise pas les mêmes méthodes pour manger et survivre. Une chose est sûre vue d'ici... Les vrais criminels ont de l'argent, ils sont chez vous dans leurs tours d'acier, bien planqués à leur manière.

Jamoon respira profondément pour se calmer. Clania resta sans voix. Elle ne sut pas quoi répondre à l'écureuil.

— C'est vrai... Personne ne s'intéresse trop à...

— Allons, vous justifiez pas mam'selle Clania, je voulais pas vous mettre mal à l'aise. On a l'habitude de tout ça. Pour revenir à votre question, non je suis pas né ici. Mais depuis que mon grand-père est tombé dans la fontaine de Lumis, trahi par un de ses amis, je ne fais plus confiance à

ceux de la surface. Alors si le prix à payer pour être heureux est la pauvreté, je préfère crier "Vive la misère et les bas-fonds d'Allegron !" Jamoon aurait aimé hurler sa dernière phrase mais il se contrôla pleinement.
Des pas résonnèrent derrière la porte. Des dizaines de pas, ils semblaient traverser un long couloir. Des voix jeunes répétaient en criant le nom de Jamoon. Dans une série de mouvements rapides, l'écureuil ralluma la télé au son neigeux pour couvrir sa propre voix.
— Faites ce que je vous dis, mes potes doivent pas vous trouver. Votre présence ne concerne que la poignée de Haillons qui vous ont conduite ici et moi.
— Et s'ils parlent ?! demanda Clania. Comment être sûrs de leur silence ?
— On peut pas !
Jamoon décala la table fissurée de quelques centimètres sur le côté et ouvrit la grille d'un conduit d'aération assez large pour y cacher quelqu'un de suffisamment svelte comme la lionne.
— Entrez là-dedans ! Vous attendez mon retour. Surtout vous bougez pas de là, vous essayez même pas de sortir de là, je me charge de les occuper.
Jamoon donnait des instructions claires, la jeune femelle ne put s'empêcher de sentir son cœur accélérer. Elle acquiesça

d'un air paniqué puis s'engouffra dans le tuyau humide, les jambes devant elle pour se retrouver rapidement allongée sur le dos. Jamoon referma le conduit avec la grille qu'il venait d'ôter.
Il tira légèrement la table vers lui avant de se baisser au niveau de Clania. Il mit son index devant sa bouche puis s'éloigna vers la porte entrouverte. La lionne interpréta le geste immédiatement et ne fit plus aucun bruit ; elle glissa discrètement dans l'ombre de sa petite cachette. Pour apaiser sa peur, elle serra instinctivement contre elle le petit sac.

***

— Nom d'un dieu Liono ! Tu as failli me tuer ! souffla Namal.
Le colonel King venait de le rejoindre dans la galerie après une inquiétante absence.
— Où t'étais passé ?
— Je t'ai dit que je devais vérifier quelque chose, positiva le lion, la main serrée sur l'épaule de son collègue. C'est fait, je pense qu'on peut continuer et se tirer pour de bon.
— Alors la voie est libre ? T'as une idée d'où on va ?
Le lion acquiesça mais Namal n'arrivait pas à être totalement serein.

— Arrête de tout garder pour toi. Dis-moi ce que tu as en tête.
— Tu sais, tout à l'heure, avant de localiser les gosses… heu… les Jamureta pardon… expliqua King, un sourire sincère dessiné sur son visage rude. La télépathie m'a offert un cadeau bien plus précieux que de pouvoir leur parler.
Le colonel fut coupé par un grognement de Namal. Le vieillard eut un sursaut d'énergie et malgré son vieil âge se releva soudainement sur sa canne aux signes étranges.
— NON LIONO ! NON !! Je t'ai pourtant prévenu !
— Je l'ai vue mon ami ! J'ai vu Clania saine et sauve. Écoute… Je peux pas m'empêcher de me dire que je l'ai abandonnée ! Elle est seule… et en danger à cause de moi… Tout ce qui arrive, c'est à cause de moi !
— Je sais ce que tu veux faire… C'est trop risqué ! menaça le lama.
— Il faut aller dans cette direction Namal.
— Mais nous sommes recherchés par tes anciens collègues ! Le Conseil te considère comme un traître. Même moi je ne pourrais être d'aucun secours si tu prends ce chemin.
— Tu ne sais même pas où je veux aller… grogna le lion à son tour.
— Oh mais j'ai très bien saisi ! Tu vas finir par mettre ta fille dans une galère pas possible ! Déjà qu'elle est pas à

l'abri de tous tes soucis… Je t'en supplie, ne la suis pas. On se ferait avoir et elle avec…
Namal vit son ami fauve le regarder avec incompréhension. Ils se toisèrent quelques longues secondes. Le colonel baissa le regard, l'air résigné, plongé dans un flot imperceptible de pensées. Les gens continuaient d'aller et venir tout autour des deux humaux tourmentés, immobiles dans l'immense structure publique. King fronça tout à coup les sourcils. Il tint tête à son ami.
— Tu parles comme si on était vaincus ! Allez Namal ! Tu m'as habitué à mieux que ça ! Reprends-toi ! Suis-moi jusqu'à Clania et ensuite je te promets de quitter la ville pour de bon.
— Mais écoute-toi un peu merde !! Tu l'as aperçue en pleine télépathie, dans un état second proche de la mort selon certains spécialistes ! Qu'est-ce qui te prouve que tu as bien vu ta fille ?!
Namal craquait à mesure que King s'entêtait.
— C'était elle… articula Liono. C'était forcément elle.
— Ah vraiment ? Tu as vu une âme… des particules spirituelles… mais peut-être as-tu confondu avec un autre esprit ? Admets que c'est possible.
— Bordel ! J'te dis que j'ai vu ma fille ! Elle suivait même un petit groupe de gamins sous le niveau du sol. Je suis cer-

tain qu'ils allaient sous terre. J'sais pas pour quelle raison mais il faut que je tente le coup. Son âme… c'est la même que sa mère… J'ai pas pu me tromper.

King se montrait d'une incroyable volonté devant le vieux lama. Ce dernier ferma les yeux avant de tirer la seule conclusion logique.

— Je n'arriverai pas à te raisonner pas vrai ? demanda-t-il appuyé sur sa canne.

Le colonel King fit un « non » de la tête assez lentement, dans une crinière mal coiffée et abîmée. Sa truffe et son visage avaient encore des traces de sang, le combat n'était pas terminé pour le lion : il lutterait pour sa fille.

— Elle est en danger… Tu l'as dis toi-même. N'aggrave pas son cas en la rejoignant.

— Je dois le faire mon ami. Elle est déjà dans la pire des situations sans le vouloir.

Namal fut très surpris par cette dernière remarque. Le colonel semblait énormément culpabiliser. La peur de perdre le dernier membre de sa famille le terrorisait. Le lama posa sa deuxième main sur le haut de la canne pour mieux provoquer King du regard.

— La rejoindre ne fera pas revenir sa mère.

Le colonel fit mine de n'avoir rien entendu.

— Je vais sous Allegron, continua-t-il, sans regarder son

ami. Tu viens avec moi ?
— Bon sang, reprit le vieux lama, en plein doute.
— Fais-le.
— Non… Je suis désolé. Je pense qu'il est temps pour moi de faire ce que j'aurais dû faire il y a déjà bien longtemps…
— De quoi tu parles ?
Plein de questions, King scruta Namal. Pouvait-il lire des bribes de réponses derrière le regard d'un vieil ami ?
— Je suis un des derniers alchimistes tolérés sur ces terres, je devrais me retirer du Royaume lumineux pour de bon.
Le lion inspira pour encaisser la nouvelle à pleins poumons. Il serra le lama dans ses bras musclés et blessés.
— Alors… dans ce cas… Merci pour ton aide. Pour tout ce que tu as fait. Je ne l'oublierai jamais, chuchota King avec une sincère déception.
— Va. Protège et fuis. Promets-moi simplement de ne pas tenter l'impossible.
— Survivre à aujourd'hui relève déjà de l'impossible.
Le colonel sourit, il regrettait déjà leur séparation. Il fut cependant troublé par une foule progressivement agitée. Il scruta instantanément la galerie autour de lui. Les écrans diffusaient toujours à même les murs les images du dôme de la capitale éventré ainsi que les visages des Jamureta. Cette vision redonna à King une énergie insoupçonnée : il

devait limiter les dégâts dus à ses erreurs.
— Namal, ils sont là, reprit le colonel en fixant un point invisible derrière le lama.
— J'ai cru comprendre ça aussi… T'en fais pas, je te couvre. C'est toi qu'ils veulent si j'ai bien compris la situation.
— Oui, ils finiront par me voler l'information sur la Page qu'ils cherchent.
— Écoute, je n'ai aucune valeur à leurs yeux si ce n'est le fait d'être un alchimiste… Complice d'un traître selon eux…
Namal ironisait malgré la situation, une certaine assurance l'animait.
— Cours Liono ! Disparais ! C'est ta chance… Je vais gagner du temps.
Le lama poussa son ami fauve en arrière avant de faire disparaître la canne sous sa cape, dans une foule en ébullition. Plus loin devant le lion, des soldats rats lourdement armés faisaient s'écarter de force les pauvres citoyens hébétés du centre commercial. Ils saisissaient brutalement les humaux susceptibles d'être King. Le colonel n'attendit pas plus longtemps. Il s'éclipsa dans la direction opposée aux cris et aux pas menaçants venus pour le piéger. Il poussa une porte habituellement réservée au personnel de la galerie pour se faire oublier.

Namal avança lentement vers la troupe de soldats ; derrière une dizaine de sbires aux dents pointues, il aperçut les deux leaders de l'opération. Il mit sa capuche et les dévisagea sans ralentir sa marche. Un impressionnant gorille accompagnait un visage bien connu du passé du lama : Murèno. L'alchimiste à forme de murène narguait son entourage d'un sourire maléfique. Bien décidé à aider une nouvelle fois son ami Liono King, Namal décida de faire fi de la tournure que prendrait sa journée. Sa décision était sans appel, il se rendait.

***

Jamoon se trouvait hors de la chambre depuis déjà quelques minutes. Clania se sentait un peu plus en sécurité, même si l'obscurité qui l'entourait au fond du tuyau n'avait rien d'hospitalier. Elle restait là, osant à peine respirer.
Elle n'écoutait plus que les gouttes qui ruisselaient depuis la surface bien au-dessus d'elle. Leur cliquetis dans les flaques donnait des airs de mélodie naturelle au lieu sombre et austère… ces bas-fonds où vivaient tous ces jeunes humaux pauvres et livrés à eux-mêmes.
Cherchant un peu de réconfort dans sa solitude, Clania repensait à sa mère et aux intenses moments de bonheur

partagés du temps où elle et son père formaient encore une famille. La jeune lionne tâchait de ne pas se rappeler les douleurs liées à sa disparition… ni celles liées au deuil atrocement long pour continuer à vivre une existence normale.
Trop tard. Un frisson parcourut sa fine échine puis des bribes d'heureux moments émergèrent du fond de ses pensées. Certains passaient sans la marquer, d'autres plus particuliers vinrent se coller dans son esprit. Là, allongée en position fœtale dans le noir, coupée du monde, Clania revoyait clairement sa maman et Liono King feuilleter leur livre fétiche. Ils agrémentaient toujours ce recueil de nouvelles photos et petites cartes souvenirs pour…

Le livre… Voilà ce qui me ferait du bien… même seule dans l'ombre.

Clania se souvint alors qu'elle possédait en ce moment même le parfait symbole de l'amour passé de ses parents. Le seul lien encore palpable pour garder un contact avec sa mère. Elle prit garde de ne pas faire trop de bruit lorsqu'elle entreprit de déplier ses longues jambes sensuelles le long du tuyau.
Elle ouvrit alors son petit sac avec délicatesse. Au milieu de

quelques biscuits secs et de gélules alimentaires bien pratiques pour se nourrir urgemment, Clania souleva des vêtements mal pliés pour finalement trouver le fameux livre familial.
Son père lui avait demandé de le prendre avec elle, loin de chez eux et de leurs récentes mésaventures : quelle merveilleuse idée. La lionne ne voyait pas très bien du fond de sa minuscule cachette mais la lueur de la chambre de Jamoon éclairait faiblement jusqu'au livre. Clania vit la timide lueur se refléter dessus.

Les meilleurs instants réunis dans ces pages… Comment arrive-t-on à résumer des vies en si peu d'espace ?

Elle ne pouvait pas réellement feuilleter l'ouvrage à cause du manque de place. Elle tenta cependant de se remémorer ce qu'il contenait. Elle se concentra sur son passé pour revoir l'enchaînement de photos, de lettres et de souvenirs collés à la manière d'un carnet de bord. Sans pouvoir l'ouvrir au maximum, elle le fit néanmoins tourner dans ses douces mains félines pour admirer chaque angle partiellement éclairé. Elle remarqua alors un détail jamais relevé. Quelque chose attirait ses yeux à chaque fois que la lumière passait dessus.

Elle découvrit le livre d'une manière totalement inédite à cause d'un élément jusque-là camouflé. Dans l'épaisseur des pages fermées scintillait un fin cheveu d'or. À peine visible, un trait droit timoré s'était mystérieusement rajouté aux autres pages du bien familial. Une page moins jaunie et usée que les autres sortait clairement du lot. Clania entreprit d'ouvrir le livre au maximum pour vérifier cet élément absent de tous ses souvenirs.

Qu'est-ce que c'est que cette page ? Pourquoi j'm'en rappelle pas ? J'ouvrais pourtant ce bouquin assez souvent pour tout connaître de son contenu…

Elle dégagea les premiers centimètres de la page dorée en la tirant vers le haut. Un sentiment d'angoisse mêlé à une certaine fascination grandit soudainement en Clania, à mesure qu'elle découvrait la page. Alignés et rangés à la manière d'une série de mots classiques, la lionne vit des symboles cunéiformes inconnus s'enchaîner sur plusieurs lignes. Écrits en annotations par endroits, de travers parfois, un peu comme si le propriétaire avait simplement pris des notes. Les paragraphes incompréhensibles semblaient raconter quelque chose de par leur structure.
Clania fit briller la page et les symboles dans la faible lueur

et se rendit compte que les signes étaient gravés dans le papier, bombant légèrement le dos du document. Elle entendit soudain la porte de la pièce grincer lourdement… avant de s'ouvrir brutalement. La lionne laissa la mystérieuse feuille glisser à sa place initiale avant d'être happée par une peur insoupçonnée.

Juste là, sur le pas de la porte, elle put clairement voir un rat trapu au pelage beige et au regard malveillant s'avancer dans la chambre. Derrière lui, Clania remarqua un faucon aux plumes noires lancer des regards incisifs partout dans la pièce. La jeune femelle n'osa plus bouger et ne les vit bientôt plus dans le champ visuel restreint de la petite grille. Elle avait cependant eu le temps de remarquer les équipements performants des soldats. Ils cherchaient visiblement quelqu'un…

Et moi qui pensais que j'allais avoir un peu de répit… Ce serait moi qu'ils veulent ?

Clania vit un instant dans le couloir Jamoon, peu rassuré par la présence d'humaux armés sous Allegron. Comble d'horreur, il avait le canon d'un blaster pointé sur le crâne. Il osa à peine regarder dans la direction de la lionne. Les deux soldats n'étaient plus très loin de l'entrée du tuyau, elle pouvait entendre leurs pas visiter la petite pièce rouillée. Un silence terrifiant s'installa. Les pas s'éloignèrent, le matelas et les quelques affaires de Jamoon volèrent à l'autre bout de la pièce. Nouveau silence. Les pas résonnèrent encore. Plus près. Clania vit les jambes du rat et du faucon stopper leur marche au niveau de la petite table fissurée, juste au-dessus du tuyau.

C'est mon père qu'ils veulent… Ils se serviront de moi pour le piéger !

Sans doute avaient-ils été suivis depuis le jardin… Ou peut-être que des Haillons avaient parlé ? Les entrailles nouées, elle entendit les deux ennemis soulever la table. La lumière se fit plus forte à l'intérieur de l'étroite cachette. Éblouie par cette soudaine intensité, Clania comprit que la situation prenait un très mauvais tournant. Elle eut la présence d'esprit de pousser le livre de ses parents dans son petit sac. Après quelques secondes à peine, elle distingua mieux les formes devant elle. Impuissante, elle remarqua la grille du tuyau se soulever devant elle.
Les deux paires de jambes se plièrent et là, à quelques centimètres de sa truffe, le faucon noir et son collègue rat beige arboraient un grand sourire. La satisfaction semblait

jubilatoire pour les deux mâles. Le rat saisit la jeune femme par les cheveux avec violence et la sortit du tuyau. Clania lâcha son sac derrière elle avant d'aller s'effondrer sur le sol humide et glacé. Elle releva la tête et aperçut Jamoon, honteux de n'avoir rien pu faire de mieux pour elle. Le capitaine Falconi la releva de force pour coller son bec derrière son oreille pointue.

— Mais ce serait pas la fifille à "papa traître" qu'on a attrapée ? exalta le capitaine à plumes noires.

Clania jeta un bref regard en direction de son sac et de la page aux signes mystérieux restés dans l'ombre. Le plus important selon elle. La mémoire de ses parents ne serait pas bafouée. Le rat braqua son arme automatique sur le visage de la lionne avant d'ajouter une touche d'ironie.

— Dans la famille Fuyards, je voudrais la fille…

Fin du deuxième fragment

Sirpa
Tachonis
Ptemete
Allegron
N

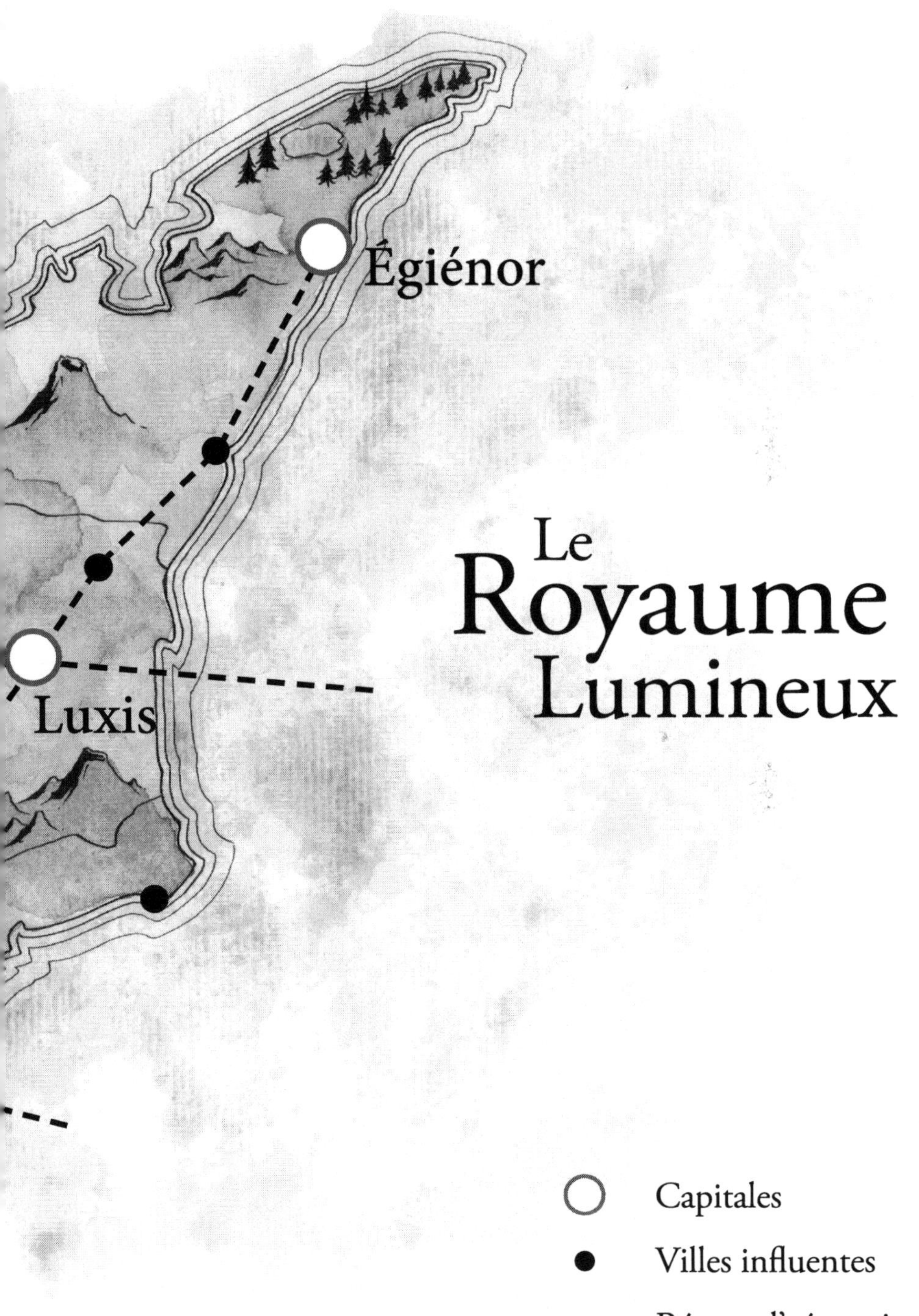
Égiénor
Luxis
Le Royaume Lumineux
Capitales
Villes influentes
Réseau d'aérotrain

Quelques musiques aux origines de Jamureta :

Jean-Michel Jarre
Moon Machine, Miss Moon,
Chronologie (album entier),
Calypso, Pt. 2, Oxygène 7-13,
Aerozone.

Dépôt légal : avril 2018
ISBN : 978-2-37483-052-0
Imprimé en France - SEPEC